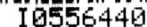

Esto no es una revista literaria

Esto no es una revista literaria

La Milana Bonita

Víctor Gutiérrez-Sanz
Ignacio Pillonetto
Eduardo Martín Espallargas

Editorial Círculo Rojo
www.editorialcirculorojo.com

Primera edición: octubre 2016

© Derechos de edición reservados.

Edición: Editorial Círculo Rojo.
www.editorialcirculorojo.com
info@editorialcirculorojo.com
Colección: Relatos

©Víctor Gutiérrez-Sanz, Ignacio Pillonetto y Eduardo Martín Espallargas

Fotografía de cubierta: © Fotolia.es
Diseño de portada: © Isabel Sánchez
Maquetación: Marta Serrano

ISBN: 978-84-9140-535-1

DEPÓSITO LEGAL:

IMPRESO EN ESPAÑA – UNIÓN EUROPEA

ÍNDICE

Presentación cordial para lectores imprudentes

Esto no es una revista literaria. Tampoco un libro de relatos. Ustedes ven una portada, un índice, textos o fragmentos, pero en realidad no pueden *ver* nada porque *todo* es una mentira. Continuamente, tratamos de clasificar los textos en una batalla perdida frente a la entropía literaria. Hablamos de géneros y de subgéneros al igual que hablamos de tipos de alimentos o de variedades de madera, ¿para qué? Puede que simplemente tratemos de encontrar una leve sensación de seguridad, una cuerda en el precipicio que nos permita pensar: "Oye, si me caigo en ese pozo sin fondo puedo coger el cabo y escalar de nuevo".

Pues lo sentimos mucho, pero esta obra no tiene *salida* de *existencia*. Es lo que *es*, ni más ni menos. El intelectual italiano Benedetto Croce ya defendió durante la primera mitad del siglo XX que la cuestión de los géneros literarios era una impostura intelectual. Su propuesta teórica se basaba en la individualidad irrepetible de la obra artística antes que en las pautas comunes de una agrupación etérea. Es cierto que como nos pongamos radicales la mitad de los estudios universitarios se difuminarían en nuestras manos y en las bibliotecas sería todo un logro encontrar tal o cual obra; ahora bien, como este libro seguramente no llegue a ninguna biblioteca a nosotros qué más nos da. ¡Atentemos contra la interpretación pautada del arte!

El lector imprudente que siga deslizando su mirada por estas líneas pese a toda la sarta de tonterías que ya ha vislumbrado se preguntará con todo el derecho: "¿Quiénes son estos para juzgar el espíritu infantil de aquellos que se siguen divirtiendo con juegos de construcciones?". Nosotros somos *nadie*. Esa es la gracia, por eso podemos hacer lo que hacemos. "¿Y este libro? ¿Qué *es*?". Buena pregunta, *lector imprudente*, da lo mismo que *no seamos* ya que textos anónimos hay muchos y la autoría se ha sobrevalorado en demasía en el siglo XXI. Esta pregunta, que es la pertinente, la respondemos con gusto y sin más retruécanos: la obra que tiene entre sus manos *No es una revista literaria*.

Tampoco es una compilación de artículos, ni siquiera se podría catalogar como un libro de relatos… Lo mejor que podríamos decir es que este volumen es *el final de una bonita historia*. Por lo tanto, si seguimos el orden lógico de los acontecimientos ahora nos deberíamos retrotraer al principio de todo, a hace más de siete años cuando un grupo de universitarios puso en funcionamiento el programa de radio de La Milana Bonita con el utópico (casi distópico) objetivo de fomentar la lectura. Como acabo de decir, lo normal sería comenzar por ahí (por el principio) pero, si lo piensan, ese tipo de narraciones ya están pasadas de moda. Lo que se lleva ahora es lo fragmentario, la elipsis, la intertextualidad, el lector activo… Así que no sean vagos y si tienen interés pregunten a San Google, que algo les podrá decir.

Nosotros preferimos gastar la poca paciencia que les queda, antes de que desechen de una vez por todas este tomo, en contarles que *No es una revista literaria* se compone de tres bloques diferenciados: "Relatos de realidad", "Relatos de (i)realidad" y "Metarrelatos". Cada apartado tiene su correspondiente presentación (somos muy educados) porque nos hemos dado cuenta de que seguramente sea más lógico comprender el orden de un cajón de mudas antes que el de estas páginas agrupadas.

Dicho esto, creo que es de justicia señalar aquí (justo antes de empezar) que esta locura ha podido ver la luz gracias a la mente dispersa de una serie de mecenas que confiaron en nosotros hace ya más de un año. Por ello, porque esto que ven solo es posible desde el extrarradio del sistema editorial, dedicamos todos los puntos, las comas y las erratas que aparezcan en las siguientes páginas a (les nombramos siguiendo el orden en el que realizaron las aportaciones al proyecto):

Borja Tarrasó, Carmen Domínguez, Mar Sanz, Luis Gutiérrez, Ainara Portela, Raquel Mendieta, Jmmfonfria, Nora Rojas, Olalla Ruiz-Ayúcar, Ana Sánchez, Juan Antonio Navarro-Soto, Javier Ros, Ana Bookthief, Dunia Etura, Cristina Gutiérrez, Maribel Escalas, Alicia Sánchez, Charonc, Alicia Torres Sastre, Óscar Miguel Torres, Nacho del Campo, Domingo Ramos Navarro, María del Rosario César, Andy Lobo Grant, Paulo Camodeca, Carmen de Miguel Murado, David Lagunilla Infante, Israel Green, Alfonso Martín, Mariano Pillonetto, Carmen Durántez, Leandro Cadau, Bafa_2, Joma_w-w y a todos esos anónimos que, aunque hicieron generosísimas donaciones, no nos dejaron ver sus nombres.

A todos ellos, vosotros y nosotros, lectores, les debemos dar las gracias o echar todas las culpas. Al fin y al cabo, este diálogo atemporal es fruto de su generosidad.

¡La revolución ha comenzado!

V.G.S.

RELATOS DE REALIDAD

Relatos de Realidad:

Presentación:

El primer bloque de *Esto no es una revista literaria* lo componen los "Relatos de realidad". Una serie de narraciones que pueden ser abordadas desde dos ángulos enfrentados en un mismo plano: el Periodismo y la Literatura. Ahora bien, hagamos primero algunas aclaraciones porque cuando se juntan estos dos términos parece que la mente enseguida entra en ciertos rediles cercados por la Historia Literaria más dogmática.

Cuando Tom Wolfe publicó su icónica obra *El nuevo periodismo* (Anagrama, 1976) trató de articular un discurso interpretativo sobre una corriente de periodistas con aspiraciones a novelistas (Jimmy Breslin, Gay Talese y una larga nómina de imitadores[1]) que había surgido a mediados del siglo XX en Estados Unidos. Estos autores se diferenciaron de sus coetáneos porque rompieron de forma radical con la homogeneidad del discurso periodístico mediante el uso de técnicas (pretendidamente) literarias en sus piezas. A todos estos periodistas, Wolfe los trató de equiparar dentro del epígrafe del "Nuevo Periodismo" en su ensayo, donde también aseguró que aquellos *pioneros* lo que pretendían con sus textos era "revestirlos con el mismo ropaje ceremonial (que tenía la Novela)".

---

[1] No incluyo a Truman Capote porque él no es un periodista aspirante a novelista, sino un escritor de esos que son tan especiales que llegan a regenerar el estilo dominante con su particular aportación.

Puede que sea una hipérbole, pero sinceramente considero que esta obra prescriptiva que publicó Wolfe y que luego han recetado durante décadas profesores universitarios ha hecho más daño al sistema editorial que los libros de Paulo Coelho. ¿Qué es eso de revestir con el mismo ropaje ceremonial al Periodismo que a la Literatura? Pues ni más ni menos que la reafirmación del tópico racionalista que considera de manera estúpida que el lenguaje poético simplemente es el lenguaje bonito, es decir, el lenguaje con adornos y florituras. Esta argumentación forma parte de una línea ideológica aristotélica-cartesiana contra la que nosotros nos revelamos desde la minucia que son nuestras voces. Nosotros (tú y yo) somos parte de ese lenguaje literario porque es el único asidero con el que contamos a veces para entender (interpretar) el mundo. Así pues, consideramos que la Novela no está revestida de ropajes ceremoniales (¡ni mucho menos!), en todo caso podríamos decir que lo que utiliza es ropa de calle muy holgada para hacernos sentir cómodos. Como es lógico, en La Milana Bonita nos sentimos mucho más cercanos a las ideas de Truman Capote o de Gabriel García Márquez que a las de Wolfe. Ellos son autores que no tratan de revestir al texto periodístico con disfraces, sino que trabajan la misma materia prima que un periodista desde la esencia de la mirada literaria auténtica.

Todas esas reflexiones están detrás de los textos que prosiguen a esta presentación: un relato sobre un misterioso nazi que vivió impunemente durante décadas en el paraíso mallorquín; una representación teatral sobre la represión policial y los movimientos asamblearios; un reproche vital de uno de los miembros de aquella que dicen que es "la generación más preparada de la historia de España"; y, por último, el relato autobiográfico de un joven sirio atrapado en las incongruencias europeas.

Cuatro historias, cuatro relatos, cuatro experiencias cuya forma comenzó a germinar en nuestra cabeza gracias a la lectura de *El Dorado* (Mondadori, 2008) de Robert Juan-Cantavella. Una ¿novela? en la que descubrimos unas definiciones del "aportaje" y del "Periodismo Punk" que se alejan de la simpleza de la doctrina de Wolfe y que de manera brillante ordenaron alguna ideas confusas y bastante opacas que llevaban años dando vueltas por nuestras cabezas. Por esta razón, agradecemos profundamente a Cantavella que nos haya cedido de manera tan generosa el siguiente texto, porque, siendo sinceros, nosotros ni después de mil intentos podríamos haberlo explicado mejor.

V.G.S.

El Aportaje y el Periodismo Punk

(El Dorado)

El nombre masculino *portaje* se refiere a los incómodos impuestos que uno debía pagar en la Edad Media si quería pasar por ciertos sitios. En este caso por una puerta. Si en cambio se trataba de un puente, la extorsión recibía el nombre de "pontaje", etc. En el mismo diccionario verás que "re-", utilizado como prefijo, significa repetición o movimiento hacia atrás. También que "a-", utilizado como prefijo, denota negación. Según esto, al decir *re-portaje* estaríamos pidiendo la repetición de un gravamen, de un tributo, de una imposición. De un retroceso. En cambio, el *a-portaje* negaría esa exigencia, escaparía a su poder. No pasaría por la puerta. El aportaje estaría estafando al estafador.

En efecto, un aportaje no es un reportaje. En el aportaje no existe el pacto de veracidad que rige los designios del reportaje periodístico. Establecido entre el periodista y el lector, semejante horterada compromete al primero con la veracidad de la información ofrecida al segundo, de tal forma que si se respeta la etiqueta y el periodista actúa con recato y diligencia, antes siquiera de leer el texto el lector ya sabrá que lo que se le va a contar es cierto, que el periodista estuvo allí donde escribe haber estado y que vio con sus propios ojos las cosas que cuenta haber visto, y que ha comprobado, en la medida de sus posibilidades y las de Google, la información que toma prestada de otras fuentes. De modo que cuando el lector se enfrenta a un texto de estas características confía en que cuanto le van a contar es la realidad y no una ficción.

En el aportaje, en cambio, este pacto no existe. El lector se enfrenta al aportaje sin tener la seguridad de que todo lo que va a leer es cierto. Esto no quiere decir que todo lo que vaya a leer sea mentira. De hecho, en un sentido profundo significa lo contrario. Lo que cambia es la actitud, y la actitud del lector que se enfrenta a un aportaje no está basada en la confianza, como sucede con el reportaje, sino en la sospecha. Al lector de un aportaje no le está dado saber de antemano si lo que van a contarle sucedió en realidad. No lo ampara ningún compromiso burocrático de fiabilidad que obligue al escritor a certificar la autenticidad de lo que cuenta. Es más bien un pacto entre caballeros. Lo cual tampoco excluye que el escritor sostenga con uñas y dientes que en realidad sí estuvo allí. Es mucho más fácil. Quiere decir que el lector está obligado a desconfiar cada vez y hacerse a la idea de que quizá llegue al final del aportaje sin una respuesta. O no exactamente una respuesta.

Si quien escribe un bis-portaje dice haber estado en la visita que con motivo del Encuentro Mundial de las Familias se montó el Papa en Valencia en julio de 2006 y cuenta lo que vio allí, el lector debería estar casi seguro de que el relato será veraz. En cambio, cuando el lector de un aportaje se encuentra en idéntica situación no puede aspirar a la misma certeza. Quizá el escritor estuvo allí o tal vez se lo esté inventando. En un aportaje la veracidad de un hecho de estas características nunca depende de algo tan grosero como un pacto alevoso entre el escritor y el lector. Es mucho más complejo y también más sencillo. Debe quedar demostrado en la escritura. Eso es todo. Tanto el lugar como lo que sucedió, el quién y el cómo. En el aportaje no cabe la más mínima certeza y tampoco hay lugar para la confianza. Por eso el lector de un aportaje está desamparado y duda.

Un aportaje no es sólo una mentira, también es una verdad. No falsifica aunque sí samplea. No miente. No es eso exactamente. Escribe sobre una cosa diferente a la que dice contar, eso es todo. O mejor, hace las dos cosas. Dicho de otro modo, el escritor siempre *aporta* a los hechos sucedidos otros que no existieron tanto. Los asea. Les da un nuevo uso. Nada más que eso.

Conéctate a la página de la RAE. ¿Ya? Ahora busca la definición de *abordaje*. Acción de abordar un barco a otro, especialmente con la intención de *combatirlo*. Eso es. Ahora cambia el barco abordado por la aventura que me dispongo a contarte, y las dos tibias de la bandera por un par de bolis. Ahí tienes una buena ilustración de la actitud del aportaje, de sus métodos.

A cosas parecidas se les ha llamado de todo: periodismo subjetivo, novela periodística, gran reportaje, novela-documento, paraperiodismo, novela de no-ficción, periodismo enloquecido, experimento fallido de periodismo gonzo, mentira, despropósito, y en términos generales, *New Journalism*, que a estas alturas y para evitar confusiones parece más correcto llamar *Old Journalism*. Pero acerquémonos un poco más. Sabemos que en aquel fabuloso subproducto de los sesenta, el *Old Journalism*, estaba implicada la mirada transformadora del escritor, quien contaba la noticia desde dentro con cierta libertad estilística. Sabemos que en el *Gonzo Journalism*, como forma bastarda del *Old Journalism*, además de la mirada también estaba implicado el cuerpo del escritor, que se inmiscuía en la jugada para distorsionar sin un propósito demasiado concreto la realidad que se disponía a contar. En ese aspecto concreto, y en la utilización lúdica de drogas como herramienta de trabajo, el *Punk Journalism* es a su vez una forma bastarda del *Gonzo Journalism*. Aunque hay una diferencia. Aquellas nuevas formas de escribir que caen bajo el paraguas del *Old Journalism* se caracterizaron por la utilización desde el periodismo de recursos narrativos propios de la novela y el relato, con el propósito, básicamente, de recrear una situación en lugar de contarla. Y los procedimientos que con este fin se importaron de la literatura tenían que ver con el realismo, con la gran tradición de Realismo Norteamericano. En cambio, en el caso del *Punk Journalism* no sólo se importan las elegantes trampas de la narración realista sino también otras menos respetables que tienen que ver con la pura fabulación, la parodia maliciosa, la mentira sincera, la especulación camicace, el despropósito gratuito, la irresponsabilidad meditada, etc... o lo que viene a ser lo mismo, el *Punk Journalism* también trafica con mentiras porque sabe que lo que está diciendo es verdad.

El *Old Journalism* tenía un objetivo, la fotografía, ser tan veraz y lúcido como una buena fotografía, escribir una instantánea de la realidad donde el estilo literario quedase impreso en el texto a través del encuadre. Y en cierto sentido el *Punk Journalism* hace lo mismo, también toma una foto. Pero resulta que cuarenta años más tarde aquella fotografía y ésta son cosas muy diferentes, y ahí está la diferencia entre el *Old Journalism* y el *Punk Journalism*. Cuando la televisión todavía era en blanco y negro y lo de ir a la luna no le parecía a nadie una chorrada, una fotografía significaba una imagen fija e inamovible, era una fuente de autoridad y en ella se veía un reflejo de la realidad. En cambio hoy en día una fotografía es un archivo digital que con el photoshop puede convertirse en cualquier otra cosa. Es materia prima informativa para un alevoso proceso de postproducción y no constituye tanto un reflejo como un hackeo de la realidad. En el caso de este libro, por ejemplo, cada personaje es absolutamente real y todo parecido con la ficción de los hechos, una casualidad maravillosa.

Alguien podrá replicar que la postura del *Punk Journalism* es viciosa porque se hace con el bonus track del periodismo (en su trato privilegiado con la realidad y las cosas ciertas) y al mismo tiempo maneja trampas propias del cuento, la patraña, la serie B y en general de la mentira... y habrá acertado. Sí señor. ¡Un peluche para el caballero! Eso sí, hay algo más cierto y todavía mucho más sencillo, se trata de ir allí y contarlo, pero vale, en cualquier caso es cierto, existe un fraude, alabado sea el señor, y sí, también es verdad, se trata de periodismo con trampas. Así que le pido cortésmente a los miembros de la iglesia de la veracidad que cierren este libro y se lean mejor uno sobre la guerra de Irak y acepto, a continuación y por escrito, mi torpe responsabilidad en su justa indignación:

Vale.

Ciao.

Sigamos.

He sabido que en algún sitio hay un manual guardado bajo siete sellos. Lo protegen rayos y truenos y en él está escrito cuál es el modo correcto y admisible de combinar periodismo y literatura, la fórmula química de esa rara verdacidad y hasta la posología del compromiso. Cuentan que allí se dice que es lícito y bonito escribir periodismo de una manera aliterariada, pero que si la medida supera no sé qué límite misterioso y mágico, si se llena demasiado el vaso, ¡pluf!, el cielo cae sobre nosotros y aquello deja de ser periodismo para convertirse en otra cosa. Voilà! Eso es el *Punk Journalism*, el periodismo sin carné que deja de serlo por abandono a la ficción en sus manifestaciones menos fiables.

Lo cierto es que sólo hay un modo de conocer lo qué sucedió realmente en mi viaje tras de El Dorado. Tendrías que haber venido conmigo. Al hacerlo desactivarías este artificio textual, pero ¿y qué?, conocer la verdad tiene su precio y mi viaje ya no sería el mismo de haberme acompañado tú. Para empezar sería nuestro viaje, lo cual es muy distinto, y eso significaría enredarse en una absurda paradoja existencial que tampoco te permitiría llegar a averiguar lo que sucedió realmente. Una pena.

El tema es que en lugar de esa verdad-verdadera-te-lo-juro-por-snoopy sólo tienes estas páginas. Podría darte mi palabra de que lo que vas a leer en ellas es un reflejo de lo que sucedió, poner a todos los santos por testigos, pero no serviría de nada. Y no tengo la intención de tratarte como a un niño. Es lo de siempre, nada más. Un tipo se va a un sitio y motivado por cualquier anomalía psíquica o quizá alguna carencia afectiva o a tanto por palabra, va y decide contarlo.

No se trata de fallar pero sí de estar dispuesto a hacerlo. No mentir, no se trata sólo de eso, o por lo menos no mentir demasiado... total para qué. No fracasar, aunque también. Se trata de escribir respetando una única condición. Ir allí y contarlo. Salir en busca de El Dorado y traer ante tus ojos cuanto suceda mientras tanto, sin ninguna clase de papeles que lo acrediten y como buenamente me sea posible. Así que, estimado lector, indefenso, triste y despactado, voy a inocularte a bocajarro una buena dosis de realidad deslumbrada o de periodismo diferido o de costumbrismo malversado o de literatura en directo, como prefieras. Tú decides.

Escargot *(Barcelona, 30 de junio de 2006)*

Otto Skorzeny, el general nazi del Mediterráneo

Todos los habitantes de Alcúdia conocen esa casa, LA CASA, el hogar de uno de los generales nazis más importantes. Una edificación que destaca sobre las demás por el misticismo que siempre la ha rodeado, pero también por la ligera elevación de su puerta de entrada, así como por su llamativa fachada decorada con arcos y delgadas columnas. La vivienda se encuentra ubicada en una esquina de la playa d'Es Clot con lo que es casi imposible no dar con ella, incluso por accidente. Un domicilio custodiado por una hilera de árboles, especialmente tenebrosos durante las ventosas tardes de invierno, robustos tentáculos de madera que merodean en el exterior de la noche y espantan a los curiosos que puedan acercarse al lugar. Las rocas rebasan unos centímetros sobre la superficie de las algas, presentando solo las esquinas donde, a veces, se puede ver asomado algún pequeño y tímido pulpo. El bramido del mar apenas existe con olas tan ligeras como cristalinas la mayor parte del año. De hecho, cuando la marea baja lo suficiente no es difícil encontrar las escaleras de piedra que conducen directamente al agua, la invitación perfecta para entrar al Mediterráneo y olvidar quién eres.

Fueron muchos los nazis que consiguieron escapar de Europa tras el desplome de la dictadura alemana; Alois Brunner, Klaus Barbie, Josef Mengele y Adolf Eichmann emigraron en secreto hacia Sudamérica o a países como Siria o Egipto donde consiguieron prosperar, gracias a las antiguas conexiones políticas. Finalmente, algunos fueron encontrados y juzgados, varios consiguieron vivir protegidos en un aparente anonimato, mientras que unos pocos se convirtieron en el centro de novelas y películas. Klaus Barbie murió de leucemia cumpliendo condena en una prisión francesa en 1991; Brunner, mano derecha de Eichmann, murió en Siria en 2010, aunque los datos oficiales se perdieron como consecuencia del estallido de la guerra civil. Ricardo Klement, nombre con el que se paseaba Eichmann en Argentina, fue secuestrado y trasladado a Israel para su juicio y posterior ejecución en 1962. Por su parte, Josef Mengele murió ahogado en 1975 en la playa de la Ensenada, en la ciudad de Bertioga, ubicada en el litoral del estado brasileño de São Paulo.

La especulación sobre las verdades de estas muertes siempre ha estado en el aire, después del destape de las profundas y entramadas conspiraciones que salvaguardaban el día a día de los nazis. No obstante, el caso de Otto Skorzeny ha sido diametralmente opuesto, ocupó uno de los altos cargos de la milicia alemana mientras duró la Segunda Guerra Mundial, fue acogido por la España franquista en 1948 y, hasta poco antes de su muerte en Madrid, disfrutó como un turista más por las playas de Mallorca.

Sol y playa mallorquina, el paraíso de Otto

Cuentan que a Otto Skorzeny le encantaba el mar, pero que detestaba la cantidad de turistas que se apelotonaban cerca de su morada, también dicen que tuvo una novia alcudiense, otros que su "querida" era francesa y quién sabe cuántos secretos más circulan en torno a un hombre conocido como "El más peligroso de Europa". Un epíteto que, sin duda, se lo ganó a pulso.

La fascinación por este personaje es general en la zona, casi tanto como el respeto y la precaución con la que hablan los que le conocieron o le vieron caminar por sus calles. "Eran otros tiempos, estaba

Ilustración de Emiliano Buzzo

protegido" afirman con resignación varios de los vecinos del territorio y es verdad. Tenía el respaldo del régimen franquista, así como la simpatía de hombres poderosos del ejército y la industria isleña, un paraíso a la vista de todos, pero oculto para la mayoría. Es cierto que eran pocos los que podían ignorar quién estaba al otro lado de la cicatriz, una herida que atravesaba la mitad izquierda de su rostro, hasta casi la comisura de los labios y que le valió el apodo de Caracortada. Sus crónicas en el Bar Llabrés, en la plaça de la Constitución, eran ya famosas por aquel entonces y, con el paso del tiempo, se han convertido en una de las menciones obligatorias cuando los medios de comunicación vinculan su nombre con el de Alcúdia.

La zona de Es Barcarés es de las más tranquilas de la región, con solo dos hoteles, un mar calmo y una línea de playa estrecha, únicamente entorpecida en invierno por la acumulación de algas y las bolas marrones de fibras de posidonia que deja el oleaje. Todo lo contrario que hace cuarenta años, cuando Es Barcarés era una de las áreas con mayor afluencia de visitantes, especialmente de ingleses y alemanes. La proximidad con la costa y la poca profundidad del agua favorecieron que se erigiera como un sitio ideal para los más jóvenes, un enclave para jugar durante las tardes interminables de verano. Hoy el turismo ha cambiado y son más los franceses entre los veraneantes que disfrutan de esta zona, se ha construido el doble y la circunscripción se encuentra completamente urbanizada; la mayoría de las casas son empleadas como residencias temporales, lugares de veraneo de la gente adinerada. Por suerte la puesta de sol continúa siendo magnífica (y gratuita), una combinación perfecta para ver caer ese sol rojizo detrás de la sierra Tramuntana. Pues allí mismo estaría Otto la tarde en la que unos compatriotas suyos decidieron orinar en su propiedad, víctimas sin lugar a dudas de las desavenencias producidas por el consumo excesivo de alcohol. Sobra decir que el gigante austríaco no dudó en echarles de la manera menos diplomática posible. Al menos eso aseguran quienes conocen la historia. "Era realmente imponente, un coloso. Tenerlo delante daba mucho respeto. No me hubiera gustado estar en la piel de aquellos jovencitos". Así era percibido Skorzeny en el pueblo, cuando se le veía, que no era muy a menudo.

Durante los últimos años de su estancia en la isla ya se le veía cansado y mostraba una angustiante cojera, quizá fuera por ello que a nadie le pareciera extraño verle con algún libro sentado en las afueras, cerca de la arena, a escasos metros del muelle. Resulta cuando menos curiosa la proximidad entre la propiedad y el pequeño atracadero, siempre a mano para iniciar una espectacular huida o eso es lo que muchos fantaseamos cuando nos dejamos llevar por los relatos de guerra de los cazadores de nazis del Mosad. LA CASA era austera, decorada de forma sencilla y discreta, sin ningún tipo de estridencias y con los muebles necesarios para pasar el verano. Desde su ventana todavía se puede ver la bahía de Puerto Pollensa, el Puig d' Sa Pinoa y el excepcional Cap de Formentor. La panorámica es perfecta, hasta que la vista se pierde en el horizonte junto a los pequeños botes pesqueros y lanchas a motor que salen desde el Moll d'Es Barcarés.

Por el pueblo circula el rumor que aparte de su mujer, a veces solía recibir las visitas de una mujer holandesa con sus hijas. De hecho, a las holandesas se las conoce por haberse dejado seducir por una pareja de mallorquines de la zona. Algunos dicen que fue el mismísimo Otto Skorzeny quien les pilló con las manos en la masa en el interior de su vivienda y los echó a patadas, otros que fue la madre de las muchachas. Quién sabe. Las versiones se entremezclan para acrecentar aún más la figura de un personaje que ya forma parte del imaginario alcudiense.

¿Pero quién era Otto **Skorzeny?**

Existen muchas leyendas sobre Otto Skorzeny y su pasado militar, pero lo cierto es que nadie duda en afirmar que ha sido uno de los hombres más peligrosos y letales al mando de Adolf Hitler. Fue condecorado con la distinción de mayor enjundia por el dictador alemán y ejecutó un buen puñado de las operaciones más destacadas en la Segunda Guerra Mundial. A la historia ya ha pasado el rescate de Benito Mussolini de su encierro en el hotel Campo Imperatore, lugar perdido en los Apeninos, en septiembre de 1943.

Un rescate que fue efectuado por un comando de paracaidistas de la Wehrmacht y liderado por el mismo Otto Skorzeny. También es popular su implicación en la Operación Grieff en las Ardenas, una zona boscosa que comprende Bélgica y Luxemburgo, cuyo objetivo final era la captura del puerto de Amberes, en una operación de bandera falsa alemana. Hoy sigue vivo el rumor de que él había sido el líder de Odessa en España, una estricta organización para la huida de antiguos miembros de las SS, y de su participación en Buenos Aires como empleado de la policía política de Perón. Otto Skorzeny no escondía su pasado ni sus "hazañas" militares, por eso no era extraño escuchar historias como estas en los años de Franco por los rincones de Alcúdia. Varios vecinos describen el modo en el que el antiguo coronel se jactaba de haber mandado a la horca a varios soldados alemanes por desertar cuando el rumbo de la guerra viró en favor de los Aliados. Todo con mucha naturalidad y franqueza, sin miedo a nada.

Skorzeny se entregó a los norteamericanos después de que Hitler se suicidase y, tras librarse de los juicios de Dachau, consiguió huir a España, libre de la sombra del proceso de Núremberg. Se instaló en Madrid, ciudad en la que murió en 1975 a causa de un cáncer, luego de veranear durante años en las dichosas playas de Alcúdia. Todos allí sabían quién era, pero se calculan con los dedos de una mano los que le conocieron y puedan contar algo sobre él sin demostrar un palpable nerviosismo. Algo parecido ocurre hoy día con LA CASA. Todos saben dónde encontrarla y a quién perteneció, pero son muy pocos los que han podido entrar y hablar sobre ella con total tranquilidad. El fantasma del imponente coloso vienés aún está presente cuando paseas junto a la residencia, custodiada por varios árboles puntiagudos a la orilla del mar.

Ignacio Pillonetto

SIMULACRO DE RE(IN)VOLUCIÓN

Acto primero

Evaluación

Miércoles 15 de mayo. Patio central de la Facultad de Filosofía y Letras de la Universidad de Valladolid. Sentados en el suelo unas quince personas debaten acaloradamente. Algunos escuchan atentos, mientras que otros rebañan los últimos granos de arroz de sus fiambreras. Sus cuerpos forman un círculo en el que todos pueden verse las caras, aunque hay algunos que rehúyen las miradas de los otros admirando obsesivamente el suelo que les sostiene. Una joven morena, de poco más de veinte años, levanta la mano mientras uno de sus compañeros valora la última huelga de estudiantes. El muchacho que coordina los turnos de palabra asiente indicándole que la siguiente será ella. El suelo es duro y frío. La mañana ha sido larga. La mayoría de los allí presentes están exhaustos pese a que aún les quedan clases por la tarde o un largo camino de vuelta a casa. Acaba la perorata del chico que estaba interviniendo. Ella se incorpora, carraspea y toma aire profundamente.

Compañera 1.—Vamos a ver, quería comentar varias cosas… Voy a empezar con mi valoración de la convocatoria de huelga del pasado jueves. Luego ya responderé a varias de las cosas que se han dicho hoy aquí.

(El moderador mira el reloj a la vez que asiente).

Compañera 1.— Bueno, en cuanto a la convocatoria, quitando los incidentes de los que voy a hablar luego, considero que fue aceptable. La campaña que nos encargamos de hacer desde PESCA[2] por los institutos ha vuelto a ser un éxito: en la manifestación había una amplia mayoría de estudiantes de Secundaria y Bachillerato por lo que debemos estar contentos.

(Un chico, el que más edad aparenta de todos los que están allí, levanta la mano pidiendo su turno—Compañero 2—. Inmediatamente después, otro que descansa con desgana echado hacia atrás—Compañero 3— hace un gesto con la cabeza para solicitar también una intervención).

Compañera 1.— En cuanto a la participación de alumnos universitarios, tengo que decir que, desde mi punto de vista, ha sido un fracaso. No sé por qué ha vuelto a pasar, la verdad. Puede que haya sido consecuencia de una mala convocatoria o quizás es que hay una saturación por la cantidad de huelgas que hemos sumado en los últimos meses. Puede ser… Pero también es cierto que el lunes todavía no se había hecho la pegada de carteles por lo que…

(Algunos de los presentes asienten, otros miran al suelo recibiendo la reprimenda).

Compañera 1.— Termino, que veo que ya se han pedido varios turnos. Lo último que tengo que apuntar es... (Silencio) Mirad, cuando se produjo la carga policial se hicieron muy mal las cosas. Se ha acusado a PESCA de evitar el conflicto y de huir del lugar. Pues, joder, no me parece justo. A las 12.00 horas habíamos convocado la manifestación en la Plaza Mayor y todos sabemos que ese es el acto importante. Lo siento mucho por los detenidos.

---

[2] Nombre ficticio. No será difícil al lector despierto descubrir quién se esconde detrás de estas siglas, con todo, me gustaría apuntar que cualquier organización que se aferre a un acrónimo y a sus banderas podría ser protagonista de esta historia.

Cuentan con todo nuestro apoyo, pero no me parece justa toda la mierda que se está lanzando sobre nosotros. Por otro lado, llevar la manifestación de estudiantes a la comisaria, desde mi punto de vista, era una locura. La gente que estuvo sabe que se invitó a todos los participantes a unirse cuando concluyera la protesta, pero de forma personal. No como colectivos.

Compañero 3 (saltándose el turno).— A ver, vamos a hablar claro. Aquí se nos está echando en cara que PESCA ha dejado tirada a la Asamblea de Estudiantes y a los compañeros detenidos después de la carga y eso es una soberana idiotez. Nosotros seguimos adelante con los actos que estaban programados, como no podía ser de otra manera… Y cuando terminó nos unimos a la manifestación que había frente a la comisaría. Así que no entiendo por qué coño se nos está criticando y por qué no se habla de lo mal que se actuó.

(Tres personas levantan la mano. Todos siguen con atención la discusión).

Moderador.— Creo que tenía el turno el *Compañero 2.*

Compañero 2.— Bueno, sí, por alusiones. Lo primero que me parece extraño es que en esta Asamblea se esté hablando de siglas. La gran mayoría de los aquí presentes tenemos relación con sindicatos o movimientos ciudadanos, pero AQUÍ no estamos en representación de estas organizaciones, sino que venimos como estudiantes.

Compañero 1.— Yo he hablado de PESCA por las críticas que se estaban haciendo…

Compañero 2.— Sí, perdona, déjame terminar. Se ha dicho que actuamos mal después del escrache… Estoy de acuerdo. Visto lo sucedido creo que lo mejor habría sido identificarnos cuando nos lo pidieron. Habría que haber evitado a toda costa la carga, pero el ambiente estaba muy crispado… Demasiado. Sobre la colaboración que cada uno tuvo, no creo que sea una cosa que debamos juzgar aquí. Cada cual sabe lo que hizo.

Compañera 1.— Pero…

Compañero 2.— Cada uno sabe lo que hizo.

Compañera 1.—Pero nosotros no dejamos tirado a…

Compañera 6.— ¡Qué sí! ¡Qué ya sabemos que sois fantásticos!

(*Compañera 1 se levanta y sale apresurada hacia el fondo del escenario. Se tapa con la manga la nariz y baja la cabeza para no ser vista. Silencio. Compañero 3 se levanta con desgana y la sigue*).

Moderador.— Había varios turnos pedidos, pero ya que se nos hace la hora me gustaría meter el último punto en el orden del día… (Lee un papel que tiene en la mano): "Campaña de apoyo con los represaliados"…

Acto 2

Represión

En el escenario se puede ver un precario teatrillo de marionetas mal pintado hecho con cartón y destartalado. Por detrás, presidiendo la escena, se observa una pancarta pintada con betún. Parece vieja, las letras han perdido un poco el color, pero aún puede leerse: "Universidad pública y de calidad. Asamblea de Estudiantes de la UVa". En escena aparece un pregonero con sombrero de capirote y una corneta. Se sitúa al lado derecho del guiñol.

Pregonero.—

Jueves 9 de mayo, lluvia, viento y algún rayo.

Unos cincuenta estudiantes se desesperan, gritan por la educación pero la sociedad no coopera.

¿El agua, será el frío? Se miran entre ellos, temen que sea el hastío.

Llevan dos años manifestándose, pero toda una vida quejándose.

(*Salen tres marionetas al centro del teatrillo.*)

Marionetas.— (*Gritan con voz de pito*). ¡¡Universidad, pública y de calidad!! ¡¡Universidad, pública y de calidad!! ¡¡Universidad, pública y tal y tal!!

(Largo silencio.)

Marioneta 1.— ¿Entramos?

(Se miran entre ellas. Una sale del escenario y hace un gesto al pregonero. Este, tratando de disimular, asiente y le indica que siga con la mano).

Marionetas.— ¡Que sí, que entramos a la Consejería! ¡Venga! ¡Universidad, pública y tal y tal!

Pregonero.—

Los manifestantes entran en la consejería, ¡quieren demostrar su rebeldía!

Hasta el despacho del gran jefazo acceden, la gente mira, nadie los detiene.

Ellos ni rompen, ni pintan, ni ejecutan; solo gritan, casi ni actúan.

Están dentro del sistema, ¡qué dilema!

Leen ceremoniosamente un comunicado, oídos sordos ni un altercado.

El mensaje se diluye: "¿Les has visto? ¡Qué salvajes, cómo obstruyen!".

Finalmente vuelven a la calle, temen que tanta moqueta sus gritos acalle.

Marioneta 1.— ¿Y ahora, qué hacemos?

Marioneta 2.— Tú vuelve a leer el manifiesto, luego ya vemos.

Marioneta 1.— Lalalalala, pública, lalalala, de calidad. Lalalalala, no más recortes. Blablabla, no nos rendimos.

(Mientras la marioneta lee, se acercan varios guiñoles caracterizados como policías).

Policía 1.— *(con voz muy grave he impostada).* Tú, no tú, el otro tú. ¡Identifíquese!

Marionetas.— No.

Policía 1.— ¡Que se identifique o le detengo!

Marionetas.— No.

Policía 1.— ¡Me cago en la leche!

(Las marionetas empiezan a avanzar).

Polícia 1.— Venga ya, lo que faltaba. Primero no me obedecen y ahora se mueven. ¡Habrase visto cosa igual! Venga, pues a repartir un par de hostias. Se lo han ganado.

Policias.— ¡Pumba, pumba!

(El teatrillo se cae y quedan todos los titiriteros al descubierto. El que estaba manejando a los policías se levanta tranquilamente, mientras que quien movía a los estudiantes permanece agazapada. Con mucha sencillez, deja la marioneta del policía en suelo. Saca un papel y se lo entrega al pregonero. Este lo mira y empieza a negar contrariado con la cabeza. Sin inmutarse el titiritero saca una pistola y apunta con ella al pregonero).

Pregonero.— Dos detenidos en Valladolid tras un forcejeo con la Policía en la consejería de Educación

Efectivos del Cuerpo Nacional de Policía han detenido a dos personas en el transcurso de una protesta que se ha desarrollado en la Consejería de Educación, donde supuestamente los manifestantes han intentado quitar a los agentes sus equipos.

Manifestantes convocados por CNT han entrado en la Consejería de Educación y han 'arrollado' a los vigilantes de seguridad para acceder a las dependencias de la Junta en una protesta para la que no tenían autorización, por lo que se ha producido cierta 'tensión'.

Sin embargo, a la salida del Monasterio de Prado, sede de la Consejería, se ha producido un forcejeo con la Policía y algunos manifestantes han tratado de quitar algunos de sus equipos a los agentes.

Ante estos hechos, la Policía ha detenido a dos personas, una marioneta del taller de Don Ruperto y otra marioneta del taller Facunda, ambas 'conocidas' por la Policía a quienes se les imputa un delito de atentado contra agentes de la autoridad.

Acto 3

Memoria

Escenario completamente vacío con luz tenue. En un rincón se pueden ver amontonadas las pancartas, el teatrillo y las marionetas utilizadas en los actos anteriores. Tres individuos se ponen en fila orientados hacia el público.

Personaje 1.— ¿Y de todo aquello que nos queda? Habrá quien diga que al menos lo intentamos, otros que se sientan orgullosos de los palos, pero la verdad es que con solo dos detenidos consiguieron frenar (que no parar) el movimiento de lucha estudiantil en Valladolid. ¿Miedo? No. ¿Manipulación? Puede, pero la simpatía seguía estando con nosotros. Pocos eran los que nos veían como violentos porque éramos sus compañeros, sus vecinos, sus hijos…

Personaje 2.— Lo que realmente restó fue el hecho de que nos obligaron a entrar en el sistema. En el momento en el que te criminalizan no hay más que dos opciones: o luchar por tu libertad dentro del sistema o convertirse en un prófugo o un fugitivo. La segunda opción, hoy en día, no es viable. Así pues nos enfrentamos a juicios, a entrevistas, a abogados, a citaciones…

Personaje 3. — La Huelga de Estudiantes del 9 de mayo del año 2013 fue el último coletazo de aquel ciclo de revueltas. Dos años después del 15-M, las movilizaciones seguían arrastrando millares de personas a la calle. Durante el periodo 2011-2013 los movimientos por la educación pública también se retroalimentaron de esta crispación convirtiéndose en uno de los campos de batalla más activos. Este movimiento a base de desgaste y de represión acabó disolviéndose a comienzos del curso 2013-2014 ante la aparición de otras formas de expresión como Podemos.

Personaje 1.— Del resto tendrán noticias en los próximos meses. Si miramos atrás, podemos ver que se creó un interesante caldo de conciencia colectiva sobre los problemas de la educación pública, pero una vez más volvió a faltar discurso. Cuando un movimiento defensivo tiene que pasar a ser constructivo, necesita una sólida argumentación. No a la LOMCE. No a la LOGSE, No a Bolonia. Sí, ¿a qué?

En el momento en el que ocurrieron los hechos a los que aquí se ha hecho referencia, hubo quienes estaban sembrando el comienzo del debate. Al igual que ocurre con los huertos urbanos, se había conquistado un espacio para el intercambio de ideas en el que parecía factible coger impulso para dar el paso hacia la propuesta. Habrá quien diga que se ha cedido (perdido) esa conquista, habrá quien diga que se ha institucionalizado. No lo sé. Lo que sí que parece es que hemos vuelto a caer en el debate de las siglas, los acrónimos y las banderas, por lo que habrá que esperar a que el péndulo vuelva a su sitio para volver a intentar construir futuro a través de la opinión popular.

Víctor Gutiérrez-Sanz

¡QUÉ NO NOS TOMEN POR TONTOS! EL PORQUÉ DE LA AUSENCIA DE CULTURA EN EL DISCURSO POLÍTICO

Te despiertas y vas directo al baño. Te despejas y bajas a desayunar. Ojeas la web y el periódico mientras bebes café. Unos 15 minutos después, vuelves derecho a tu cuarto y te plantas delante del ordenador. Un día más en el que navegar en Infojobs, Linkedin, Jobandtalent y un largo etcétera de webs para buscar empleo. No te olvides, claro, de adecentar tu *currículum*, no vaya a ser que entre las otras 957 personas que compiten por el puesto, se olviden de ti. Y ya de paso lo imprimes y por la tarde te das una vuelta, a ver dónde cuela. ¿Identificado? Es la vida de muchos miles de jóvenes en la actualidad. La mía, la tuya, la de aquella amiga del colegio o de tu vecino. ¿Y lo peor? Que nos siguen tomando por idiotas.

50 es el número mágico, un número que puede oscilar hacia arriba o hacia abajo y que representan, a modo de porcentaje, el desempleo juvenil de España. Es decir, que hay un millón de "tús" sin trabajo, sin contar a aquellos que con un 'Contrato de Aprendiz' cobran unos miserables 400 euros. ¿Te suena? Pues claro, así es fácil sentir esa sensación de hastío y recurrir a frases como: "El acto más importante que realizamos cada día es tomar la decisión de no suicidarnos". O esta: "Estoy desechado,

43

abandonado en el presente. En vano trato de alcanzar el pasado; no puedo escaparme". Ambas tienen un nexo común, y es que pertenecen a dos novelas con una marcada inspiración existencialista. La primera, *El Extranjero* de Albert Camus; la segunda, *La náusea*, de Jean-Paul Sartre. Ambas novelas están marcadas por el pesimismo existencialista, una respuesta lógica tras los desastres bélicos de la I y la II Guerra Mundial.

Y entonces es cuando, tras volver a casa después de dejar un par de CV perfectamente maquetados, pones la televisión y ves que sí, que te están tomando por idiota y la política, o mejor dicho, los encargados de ejercerla son un sin dios que ni tienen ni quieren la solución. Voy a obviar los casos de corrupción o el hecho de que personas que no saben ningún idioma sean asesores de la Organización Mundial del Turismo cuando a ti te piden tres y una experiencia mínima de tres años. Obviemos eso y acudamos al mensaje positivo porque todo va a cambiar, que estamos en la época del cambio, del futuro, y tú eres el futuro. ¿Qué más puedes pedir?

Son ellos, los políticos, los encargados de hacer llegar tus palabras al foro social a través de sus intervenciones y discursos que transforman en palabras tus intereses. Son tu voz en las célebres tertulias televisivas que pueblan la televisión y en las que se respira un debate intelectual de altura, solo apto para los espectadores más avezados. Esos mismos consumidores de información a los que los medios tratan, lógicamente, como personas inteligentes. Un momento, detente aquí. ¿Es esto cierto o estoy siendo irónico? Sigue leyendo para darte cuenta de que, y prometo que es la última vez que lo menciono, nos toman por idiotas. Y digo más: lo hacen para ponernos a su nivel intelectual.

El concepto clásico de retórica

Sin ánimo de hacer una tesis doctoral sobre esa herramienta de persuasión que es la Retórica, atendiendo a su definición más clásica, y que toma con Aristóteles carácter de disciplina, lo cierto es que es importante marcar los puntos básicos que nos ayudarán a comprender, de manera sencilla, si la idiotez del discurso político es intencionada. Y creo que es preciso y necesario hacerlo por el hecho de que tanto tú como yo, tras imprimir cientos de CV, trabajar de manera precaria para subsistir y/o navegar en la web en busca del empleo soñado, nos merecemos un respeto.

La Retórica, tal como la conocemos, nace en la Grecia clásica por una cuestión eminentemente práctica, ya que se trataba de una sociedad que funcionaba gracias a la oratoria, con enorme predominio, por tanto, de la palabra hablada. Asimismo, las decisiones políticas y demás litigios se trataban en amplios foros en los que era imprescindible resultar convincente, y ello les llevó a desarrollar un estudio técnico del arte de hablar. Su análisis ha evolucionado con los años, una transformación que se puede ver en las principales fuentes que nos han llegado: Platón y Aristóteles. El primero, por su parte, renegaba de la Retórica considerándola un arte que carece de un contenido propio y que no tiene más entidad que otras habilidades utilizadas para producir placer. Su propuesta era la dialéctica (no en el sentido moderno, sino el enmarcado dentro de la Lógica) como vía para alcanzar la sabiduría.

En este sentido, Platón, cuya filosofía se movía más en el terreno de lo idóneo y deseado sin necesidad de real, proponía como contrapartida una Retórica ideal en que "una persona virtuosa puede conducir a las almas hacia la verdad a través de un conocimiento preciso de las técnicas de definición". Teniendo en cuenta que hablar de una única verdad minaría cualquier tipo de debate, Aristóteles no tardó en señalar muy acertadamente que, con los pies en la Tierra, el funcionamiento discursivo es bien distinto. El Estagirita, al dotar a las formas de persuasión vías de razonamiento propias, preconizó unas técnicas que no inciden tanto en el análisis del discurso sino en sistemas para persuadir a masas de personas.

"El filósofo ha de sentir una gran repugnancia a gobernar, pero habría que obligarle a hacerlo cuando le llegue el turno entre los de su clase, bien que dejándole la mayoría del tiempo para la contemplación felicísima del Bien". (Platón, 'La República')

45

Exacto, estás pensando en la publicidad, la cual, en cierto modo, nace de estas prácticas aplicadas al gran consumo. Y si se añaden las justas dosis de dicha técnicas publicitarias a la política nos damos de bruces con el *marketing* político, encargado de configurar campañas de éxito y que tiene su origen en los años 50 en EE.UU., recibe un impulso con la Televisión como medio de masas y adquiere, ya en el s. XXI, una mayor complejidad que podemos comprobar en las dos últimas campañas de Barack Obama. No hay que confundir, como suele ser habitual, *marketing* político con banalización de la política o la configuración de mensajes vacíos. Y es que el Marketing político tiene detrás un enorme trabajo de configuración del mensaje como pilar central que articula el resto de las acciones, desde el eslogan a la corbata del candidato. Hay un gran esfuerzo entre bambalinas que parte especialmente de un cuidado estudio del electorado.

El problema surge cuando uno trata de descifrar la fuerza de los mensajes políticos en base a su intelectualidad. Hoy por hoy el diálogo se ha multiplicado y las redes han convertido en una suerte de cuadrilátero el debate político. Como se preguntaba recientemente el periodista británico de moda Owen Jones, quizás es demasiado tarde para que los *trolls* (esos perturbadores del diálogo virtual) dejen de pisotear el debate político. Hay que reconocer que, si bien las redes sociales han traído un potentísimo espacio de conocimiento en el que nutrirse, casi al segundo, de cualquier información imaginable, también ofrecen una herramienta demasiado potente para los matones de la red que, en otras circunstancias, no se sentirían como pez en el agua.

Es obligatorio mencionar aquí al tristemente fallecido Umberto Eco, quien decía, sin miedo a equivocarse, que "las redes sociales le dan el derecho de hablar a legiones de idiotas que primero hablaban solo en el bar después de un vaso de vino, sin dañar a la comunidad. Ellos eran silenciados rápidamente y ahora tienen el mismo derecho a hablar que un premio Nobel. Es la invasión de los idiotas". Pese al tufo elitista de la frase, especialmente en la comparación con un premio Nobel (un galardón que, a mi modo de ver, no te convierte en una autoridad intelectual, pese a que en ocasiones sí es así), lo cierto es que no le falta razón.

Con los trolls de Jones y los necios de Eco, cabe preguntarse si el discurso político solo se está transformando, en un ejercicio de adaptación mediática darwinista, para ese electorado tan analizado por los maestros del *marketing* político. Aquí cabría la posibilidad de lanzar al aire la clásica pregunta: ¿qué va antes: el huevo o la gallina? O dicho de otro modo, ¿son los políticos y medios de comunicación los que embrutecen el diálogo virtual de las redes sociales, o son estas las que convierten a aquellos? Lejos de querer aseverar que la ciudadanía es idiota, creo que voy a optar por la primera opción.

Para ilustrar mi postura, acudo a un sencillo ejemplo muy clarificador. Entre la población, parece algo normal pensar que los documentales de La 2 están hechos para echarse la siesta. Es un chascarrillo que circula incluso en las facultades de Comunicación, no digamos ya fuera de ellas. Entonces uno se pregunta por qué los documentales de la BBC, tan brillantemente realizados, tienen tanto éxito y no solo se sostienen por las buenas cifras de audiencia, sino que también son un producto de exportación que proporciona ingresos (y prestigio) a la cadena.

El discurso político y la programación televisiva

Podemos pensar en el discurso político (reproducido como esporas en diferentes formatos, desde tertulias hasta artículos en prensa) como en la programación de televisión. Dales cultura y hablarán de cultura. La duda, claro, es la siguiente: ¿son capaces? Ya estarás recordando la anécdota. Ante la pregunta de un universitario para que los entonces candidatos Albert Rivera y Pablo Iglesias le recomendasen un libro de filosofía, ambos políticos se lucieron. Pablo Iglesias erró en el título, pues 'Crítica de la razón pura', de Kant, se convirtió en 'Ética de la razón pura'. Podéis pensar que es un error habitual, en cierto modo normal, y que a todos nos ha pasado. De acuerdo, lo acepto. Pero la respuesta de Albert Rivera fue más sorprendente aún:

"Yo la verdad es que no he leído a Kant, ningún título concreto, pero me da igual"

Si Platón levantara la cabeza… Y ojo, no es obligatorio para una persona preparada haber leído a Kant. En realidad, haber leído o no un libro parece hoy en día una cuestión de 'postureo', incluido en determinados círculos intelectuales. No, no es una cuestión de ver quién la tiene más grande, sino de dar ejemplo, de normalizar la cada vez más ausente cultura en el discurso, de dejar de menospreciar la Filosofía, que está perdiendo terreno incluso en las aulas, y de respetar al público.

Las comparaciones son odiosas, pero si uno trata de analizar, muy superficialmente, discursos de otras épocas, en las que la Comunicación se movía por otros derroteros, los recursos informativos era infinitamente menores y la población estaba a años luz, en términos generales, del nivel de formación actual, se le cae a uno el alma a los pies. Este es un fragmento del discurso 'España ha dejado de ser católica' con el que Manuel Azaña exponía, ante los Diputados, sus reflexiones sobre la cuestión religiosa: *"Con la realidad española, que es materia de la legislación, ocurre algo semejante a lo que pasa con el lenguaje; el idioma es antes que la gramática y la filología, y los españoles nunca nos hemos quedado mudos a lo largo de nuestra historia, esperando a que vengan a decirnos cuál sea el modo correcto de hablar o cuál es nuestro genio idiomático. Tal sucede con la legislación, en la cual se va plasmando, incorporando, una rica pulpa vital que de continuo se renueva. Pero la legislación, señores diputados, no se hace sólo a impulso de la necesidad y de la voluntad; no es tampoco una obra espontánea; las leyes se hacen teniendo también en presencia y con respeto de principios generales admitidos por la ciencia o consagrados por la tradición jurídica, que en sus más altas concepciones se remonta a lo filosófico y lo metafísico."*

No solo sorprende el contenido (recomiendo, claro, la lectura del discurso completo), sino también la ferocidad con la que expone un tema que hoy (¡hoy!) es casi tabú. No obstante, hay diferencias sustanciales con aquellos tiempos y estos. Tal y como explica Gabriel Colomé en su libro *El príncipe mediático*: "La irrupción de la modernidad rompe la vieja política del político mitinero (…).La modernización de la política ha convertido el político en un político con arrastre audiovisual. Ya no es un político educador, ahora debe ser un político-seductor, en el sentido mediático del término." En aras de adaptarse a los nuevos esquemas comunicativos, los líderes de los partidos buscan conectar con la audiencia de un modo diferente, directos a lo más hondo, prestos a conquistar el corazón y no el cerebro.

Algo que, dicho sea de paso, no es solo culpa de los políticos de turno. Los Medios de Comunicación son una pieza clave en la formación de la cultura democrática de los españoles. En la obra 'Marketing político y Ámbito local', de Óscar G. Luengo y Pablo Rojas, ambos reflexionan sobre las diferentes teorías que sitúan a los medios de comunicación como responsables directos de la desmovilización política y la banalización del discurso partiendo de la base de "la capacidad de dichos medios para producir consecuencias, de una u otra naturaleza, en una u otra dirección, en el funcionamiento genérico del sistema político".

Como origen de estas reflexiones, también conocidas como 'Teorías de malestar mediático', los autores hacen referencia al informe de Michael Robinson de 1976, titulado "Public Affairs Television and the Growth of Political Malaise: The Case of The Selling of the Pentagon" (Los asuntos públicos en la televisión y el crecimiento del malestar político: El caso de la venta del Pentágono). De dicha investigación se desprendía la conclusión de que "la existencia de una audiencia inadvertida (aquella que no busca las noticias sino que se topa con ellas) particularmente vulnerable y numerosa, los altos niveles de credibilidad que goza la televisión como fuente de información política, el carácter interpretativo que los medios proyectan sobre los asuntos políticos que, además, dadas las exigencias del formato televisivo, presentan una tendencia natural a resaltar lo negativo, lo perjudicial, lo contencioso, lo anti-institucional, lo controvertido, lo violento, lo conflictivo y, en definitiva, todo lo maléfico, son las dimensiones clave a través de las cuales se cristaliza el videomalestar".

Situada, por tanto, la televisión en el ojo del huracán (como medio de comunicación y primera fuente de ¿información? de los ciudadanos) y una vulgarización de la web antes descrita, es planteable que el nuevo político-seductor no hace más que adaptarse a las necesidades de esa audiencia tan al alcance de la mano. Sin embargo, es pues necesario por parte de los ciudadanos reivindicar la Cultura como una herramienta clave de subversión, y la Educación como la única vía posible para hacer uso de esa herramienta. Mientras los discursos sigan estando vacíos, mientras las tertulias televisivas sigan demostrando un escaso nivel intelectual, mientras los programas más vistos sean burdos realities, la Literatura sea solo una disciplina casposa para el debate de unos pocos locos o la Filosofía sea marginada en las aulas. Mientras todo ello siga ocurriendo, tu impoluto CV, ese tan trabajado y viralizado en las webs de empleo, seguirá sirviendo para acceder a puestos mediocres y serás consciente de que le das mil vueltas a ese que sale en televisión, pero estás condenado al olvido.

Eduardo Martín Espallargas

Me llamo Ahmet

El relato de un refugiado preso de sus sueños

Mi nombre es Ahmed. Vengo del noreste de Siria. Yo nací en una pueblo cerca de la frontera con Turquía llamado Abu Ajeila (este es el nombre árabe, en kurdo lo llamamos Ludka). En este pueblo también nacieron mis abuelos y en su casa pasé los primeros años de mi vida. En la comunidad kurda es normal que los recién casados vivan un tiempo con algún familiar para así poder ahorrar un poco dinero.

Cuando tenía tres años nos mudamos a otro pueblo cercano a Qamishli, una ciudad en la que viven aproximadamente un millón de habitantes. La educación primaria (en Siria llega hasta los seis años) la realicé en este pueblo, pero de eso casi no tengo recuerdos y los que poseo son borrosos como sueños.

Mi padre trabajaba en una planta de energía. Él ganaba un salario modesto por lo que cuando tuve diez años nos volvimos a mudar, esta vez a la ciudad (Qamishli). En esta urbe vive una mayoría kurda, pero el gobierno estaba controlado por musulmanes. Por esta razón, se han sucedido los conflictos durante años. Por ejemplo, en 2004 el pueblo kurdo en la ciudad realizó una manifestación identitaria, a la que el gobierno respondió con una dura represión y amenazó con cometer un genocidio si se volvía a repetir. La respuesta del pueblo kurdo no se hizo esperar. Tanto los kurdos de Siria como los de Irak anunciaron que, en el caso de que se produjera esto, estaban dispuestos a ir a la guerra para defender sus intereses. Finalmente, Massoud Barzani, el kurdo más poderoso en Irak, dialogó con el gobierno Sirio y se reestableció la paz.

El resto de mi niñez la pasé en Qamshli donde completé la escuela. Mi padre me hizo tomar una serie de cursos adicionales en matemáticas porque él creía mucho en la educación y pensaba que era el único camino para ser mejor persona en el futuro. Cuando comencé el instituto, decidí tomar la rama científica (en Siria solo se puede escoger entre ciencia y humanidades). El último año del instituto cursé además clases extra en matemáticas, física e inglés (estas materias son muy importantes porque te exigen buenas notas para luego poder entrar en la universidad). Al final de la educación secundaria se celebra un solo examen que es el mismo en toda Siria, con él obtienes el título y el acceso a la educación superior.

Yo conseguí superar todo con éxito por lo que comencé a ir a la Universidad de Azaki, en el norte de Siria. Me postulé para hacer la carrera de Ciencias Económicas y Negocios y me aceptaron (fue un gran logro). Yo seguía viviendo en Qamshli, porque está muy cerca de Azaki. Ese periodo en la universidad fue genial, pero no pude siquiera completar el primer año porque el ISIS atacó Azaki. Esto provocó que tanto la Armada Kurda como el ejército Sirio me llamaran a filas (convocaron a todos los que tenían entre 18 y 35 años). Dijeron que un mes después del anuncio, si no te habías unido voluntariamente, el ejército iría casa por casa reclutando a los jóvenes.

A su vez, comenzó una enorme inflación por lo que la situación se volvió insostenible. Mis padres no tenían dinero para mantenernos a todos. Así pues, llamé a un primo que trabaja en Irak en un hotel. Está prohibido abandonar Siria e ir a Irak, por lo que me vi obligado a contratar los servicios de un contrabandista: ellos me cobraron unos 500 dólares por el viaje y, para que os hagáis una idea, mi padre en ese momento estaba ganando poco más de 100 dólares al mes. Pedí el dinero prestado a mi primo porque me dijo que después se lo podría devolver trabajando durante mi estancia en Irak.

Finalmente encontré a un pasador que vivía en Dyana, un pueblo cercano a la frontera, por lo que de un día para otro empaqueté mis cosas y me fui. Recuerdo aún ese momento y ahora sé que aquel fue el día más difícil de mi vida. Para cruzar la frontera, tuve que andar más de tres horas a pie y conforme nos acercamos al límite me hicieron cambiar tres veces de coche. Con el último coche llegué a Peshmerga que es el punto estipulado para hacer el intercambio. Mi padre durante todo ese tiempo estuvo con uno de los contrabandistas, porque decidimos que solo les daría el dinero cuando recibiera una llamada mía desde Irak diciendo que estaba bien.

En Irak estuve en un campo de refugiados con dos tíos míos que llevaban ya un año. Los campos de refugiados en Irak no son como los de Grecia. Allí había escuela (después podía decidir si ir a la universidad), edificios con electricidad gratis y gas y, además, nos daban dinero a todos para nuestros gastos corrientes. Yo creo que podrías pasar toda una vida en un "campo" como ese y que podrías ser feliz.

Esto por supuesto fue antes de que Irak se volviera a ver envuelta en la guerra otra vez. Tres meses después de mi llegada, yo me reencontré con mi hermano Farhad. Además, estuve buscando trabajo porque quería devolver el dinero a mi primo y lo conseguí: trabajé durante un mes y medio como barrendero. Con mi primer dinero, me mudé a Suleimainia, una ciudad más grande, donde conseguí encontrar un trabajo mejor en un hotel. Ellos me contrataron porque tenía una buena educación.

Fue genial trabajar allí, no supuso un gran esfuerzo y encima pude aprender otro dialecto del kurdish que no conocía: el soraní. Cada dos meses iba a visitar a mi hermano que estaba en otra ciudad (Dohok) a unas seis horas en coche. Después de estar siete meses en Irak, este país también se vio envuelto por la guerra: el ISIS atacó Mosul (la segunda ciudad más rica de

Irak). Esto hizo que también se hiciera un nuevo reclutamiento en el país, por lo que la gente de mi edad teníamos dos opciones: o ir a la guerra o huir a Europa.

Yo decidí ir al viejo continente. En realidad, discutí mucho con mis padres porque en un primer momento resolví enrolarme en la armada kurda. Mis padres me dijeron que estaba loco y no me lo permitieron. Por otro lado, también me atraía mucho la idea de poder ser ciudadano de un país no árabe. Mi hermano estaba en la misma situación, por lo que al final decidimos escapar juntos.

Nos tocó volver a contratar a un contrabandista que nos pidió 350 dólares por persona para cruzar la frontera con Turquía. Tuvimos que coger un coche detrás de otro, en total cinco, de los cuales los dos últimos eran de la policía. Justo antes de llegar a la frontera no bajaron y anduvimos con otro contrabandista durante cuatro horas. La frontera la delimita un río donde había un caballo que trasladaba a la gente de una orilla a otra.

Finalmente, después de todo esto llegamos a un enclave militar donde se pusieron muy nerviosos. Nos empezaron a gritar en turco, sin que los entendiéramos nada, apuntándonos con un fusil de asalto. Tuvimos suerte, porque también había ahí un militar kurdo que nos hizo las típicas preguntas para pedir el asilo y que nos ayudó bastante. Después, nos metieron en un camión que nos llevó a un campamento militar (no a un campo de refugiados) con otros mil refugiados. Las condiciones eran terribles. Solo había dos baños para mil personas y ninguna ducha. Además, muchas personas estaban convencidas de que el ejército nos drogaba metiendo algo en los alimentos porque todos nos sentíamos demasiado cansados y apagados.

Estuvimos en esa situación 8 días hasta que conseguimos algunos papeles. Teníamos la esperanza de que nos trasladaran a otro campo o que, incluso, nos permitieran seguir nuestro camino hasta Europa. Estábamos equivocados, después del viaje llegamos a un campo de baloncesto donde se hacinaban 3.000 refugiados. La situación ahí era exasperante y llegamos incluso a ver cómo una mujer trataba de suicidarse. Al final, 18 días después, conseguimos salir de aquel infierno.

Desde allí hicimos un viaje de 16 horas hasta Ismir donde debíamos contactar con el último contrabandista para dar el definitivo salto a Europa. Curiosamente, en Ismir encontramos a un pasador que tenía un inusual sentido de la justicia. Estuvimos esperando cuatro días a que las condiciones meteorológicas fueran apropiadas y la noche de antes nos dijeron que deberíamos dormir en una casa cercana a la playa junto a otros refugiados para salir de madrugada.

Al llegar al sitio de partida encontramos dos barcazas, unas de unos cinco metros de eslora y otra más grande. El problema es que éramos tantos que pese a que el mar estaba bastante calmado el peso hacía que cada ola metiera agua en la embarcación. Cundió el pánico y a muchos nos obligaron a quedarnos en Turquía para esperar una nueva oportunidad. Dos días después lo conseguimos. El barco esta vez era mayor y el viaje hasta las islas griegas es corto, pero también hubo problemas. Aquella parte del viaje nos costó 2.000 dólares por persona.

Al llegar a la costa llamamos a la Cruz Roja para notificar nuestra situación. La conversación fue la siguiente: "¿Cuándo habéis llegado? Ahora. ¿Cómo habéis venido? En barco. ¿Sigue el barco ahí? Sí. Entonces —nos dijeron— deberíais volver". Entre los refugiados al escuchar esto cundió el pánico por lo que decimos deshacernos del barco y romper las llaves.

Una hora después llegó un camión de la OTAN que nos trasladó a Kios. Allí conseguimos encontrar a un voluntario que hablaba inglés que nos dijo que debíamos coger un autobús hasta el campo de refugiados y que este costaba 2 euros. Los pagamos y fuimos hasta allí porque era el único sitio donde podíamos formalizar los papeles. En Kios nos ayudaron y nos dieron comida. No tardamos mucho, poco después cogimos otro bus que nos llevó al puerto donde tomamos un ferri por cincuenta euros para ir hasta Atenas. Cuando llegamos estaba la policía esperándonos con 20 autobuses y a las siete horas llegamos a Katsikas. Un lugar en medio de la nada, con tiendas de campaña y poco más que un bollo y una botella de agua para comer.

Ahora la situación ha mejorado. Llevamos siete meses y aunque sabemos que nuestro viaje no ha terminado, por lo menos hemos conseguido cubrir nuestras necesidades básicas. Nosotros seguimos esperando una oportunidad.

Ahmet
Traducción: Ainara Portela Martín

Una problemática imposta-da: problemas socio-sanita-rios en los campos de refugiados en Grecia

Durante el verano de 2016, ACNUR, una agencia de la ONU, ha contabilizado que en Grecia residen entre 50.000 y 60.000 refugiados en campamentos de asentamiento forzoso. Si analizamos estas cifras y las comparamos, por ejemplo, con los datos de población de las grandes ciudades europeas (en Madrid viven más de 3 millones y en Barcelona casi 2), podemos deducir que no es este un problema humanitario originado por una masiva llegada de personas que huyen de la guerra, ya que cualquier estado europeo podría acogerlos sin realizar un gran esfuerzo. Es decir, se puede afirmar que el problema no es económico sino *político* (en la peor acepción del término).

El hecho de que haya campos de refugiados en países desarrollados es peligroso para ellos y debería ser alarmante para la sociedad europea. En estos lugares, viven hacinados y cuentan con los recursos mínimos para garantizar su supervivencia. Llevan ya más de seis meses en "viviendas" a nivel del suelo y con paredes de tela (es decir, jaimas) expuestos a todo tipo de insectos, a las altas y bajas temperaturas, al ruido y a la *nada* (porque nada saben de su futuro). Estas condiciones conllevan un alto grado de transmisión de enfermedades, tanto a nivel respiratorio como por mecanismos de contacto, y, por supuesto, una vulnerabilidad mayor ante los trastornos psicológicos.

A la hora de plantear una atención socio-sanitaria a los refugiados, no debemos olvidar esta última variable, ya que por sus circunstancias vitales (huida de un conflicto bélico, abandono o pérdida de seres queridos, las condiciones límites y de enorme estrés durante el viaje y la reclusión forzosa en un lugar que no es su destino durante meses) necesitan un mayor apoyo en este campo. Ahora bien, estos trastornos psicológicos no están siendo tratados por la sanidad griega (debido a la enorme barrera del lenguaje) a lo que hay que añadir que el entorno de hastío y desconfianza tampoco es el más adecuado para que estas personas puedan expresar sus miedos y sentimientos.

En conclusión, podemos poner remedio a toda esta locura, y la solución no es complicada a nivel institucional. Necesitamos que los gobiernos europeos actúen rápido con una solución concreta y un plan de integración completo para estas personas. Los refugiados esperan día tras día poder salir de allí para reiniciar su vida. Desean escapar de ese cuello de botella hacia un lugar en el que puedan estar en paz con sus familias, en unas condiciones dignas para un ser humano. Quieren volver a tener un futuro, aunque solo sea pasajero, para finalmente volver a su tierra una vez que se haya acabado la guerra. Puede hacerse rápido. Ellos es lo que están esperando.

Ainara Portela Martín
Licenciada en Medicina
Voluntaria de la ONG Pangea en Katsikas (Grecia)

RELATOS DE (I)REALIDAD

RELATOS DE (I)REALIDAD

Presentación

El segundo bloque que aquí comienza es "Relatos de (i)realidad". En las páginas que siguen, mediante simetrías imperfectas, tratamos de poner delante de un espejo las parcelas de realidad que se mostraban en la primera parte. Como comprenderán, consideramos que las fronteras solo tienen sentido si atentamos contra ellas, por lo que a continuación volvemos a jugar con los prejuicios que supuestamente separan nuestro mundo de la ficción.

Para comenzar con este bloque, contamos con la generosa participación de Vicente Luis Mora (autor de novelas como *Alba Cromm*, poemarios de enorme calidad como *Serie* y ensayos luminosos como *El lectoespectador*) quien nos ha cedido la narración titulada "La historia más triste que recuerdes", un relato repleto de detalles en el que el narrador dialoga con lector en un juego con el que se perpetúa la eterna impostura de asimilación autor-voz narradora.

Luego se suceden tres ejemplos de ego mal canalizado para, por fin, dar paso a los ganadores del I Concurso Literario La Milana Bonita. Cuando comenzamos a idear el proyecto de lo que debía de ser una revista literaria, nos pusimos como objetivo dar a conocer a autores nóveles pero con nobel potencial. Pese al corto plazo que dejamos (poco más de un mes) llegaron a nuestro correo 273 propuestas que leímos ilusionados. La selección fue dura

61

(y esta frase no responde a ningún tópico) pero el consenso fue unánime en más de la mitad. Por esta razón, gracias a su talento y a seguir confiando en los concursos literarios, pese a que una gran mayoría son muy decepcionantes, a continuación podrán leer: "Historia del pez y luna", de Mª Encarnación Rodríguez García (España); "Café juntos", de Jesús Jiménez Prensa (España); "Camión de juguetes", de Walter Biurrun (Uruguay); "El carmín de Alicia", de Jesús Fornis Vaquero (España); "Hermanos de tres leches", de Wenceslao Amezcua (México); "A la luz del candil, de Guillermo Carlos Delgado (Argentina); "De regreso a mis viejas utopías", de Alexander Aguilar López (Cuba); "Alienación y balanceo de sombras", de Gabriel Martínez Bucio (México); "El más grande", de Jaime Moreno Nichols (México); y "Se rompe la hoja", de Raúl Guadián Delgado (España).

V.G.S.

LA HISTORIA MÁS TRISTE QUE RECUERDES

Cuéntame la historia más triste que recuerdes. ¿Ahora? ¿Por qué quieres escuchar algo así precisamente ahora? Yo pensaba que íbamos a… *Después. Quiero me cuentes una historia tristísima.* De acuerdo. Hay varias candidatas, porque casi todo es tétrico, pero quizá… Quizá, si me pides que cuente la más triste de todas, no tenga más remedio que elegir la de Claudia. *Claudia.* Sí, Claudia. Era una poeta de mi ciudad de origen, una chica voluntariosa, pero sin demasiada fortuna; tenía algún libro publicado, o a lo mejor se trataba de un cuadernillo o *plaquette*, o puede que fuera un pliego, y además no sé si era de su sola autoría o si lo firmaban varios poetas. La cuestión es que no terminaba de tener éxito: se presentaba todos los premios, concurría a todas las becas y residencias, enviaba sus inéditos a cuantos poetas mayores o bien colocados se cruzaban en su camino, todo ello sin resultado. A veces nos encontrábamos a Claudia en algún bar, sus largos rizos pelirrojos cayendo como una catarata de sangre hacia la mesa, dentro del círculo piloso una mano y un cuaderno añadiendo obra inédita a la interminable resma de papel ya existente. Claudia no era guapa, tampoco fea, y estuvo con alguno de nosotros. *Contigo.* No, había algo que me alejaba de ella, sin saber exactamente qué. Sus relaciones con mis amigos no duraban mucho, apenas dos o tres semanas, hasta que

63

ella insistía en que leyesen su obra completa. A principios de siglo, ese esfuerzo llevaba apenas un par de horas, y acaso merecía la pena, pues Claudia era fogosa e imaginativa en la cama, según contaban; pero en torno a 2008 acostarse con ella implicaba un severo programa de lecturas obligatorias, ríete tú del doctorado más exigente. Su determinación, su deseo de ser poeta a toda costa, la idea obsesiva de publicar y de que su obra fuese conocida, la condición vírica de sus escritos, que siempre llegaban a uno de la forma más insospechada, comenzó a apartarla cada vez más del mundillo literario de la ciudad. Los grupos de escritores, desparramados por los bares como un archipiélago, se cerraban raudos en atolón xenófobo en cuanto su llamarada capilar cruzaba la entrada. Las convocatorias de eventos literarios se hacían por canales en los que su ausencia estuviese garantizada. Algunos actos y ciclos habituales de poesía alteraron el lugar de celebración, con la esperanza de que ella no diese con el emplazamiento exacto. *Es una historia algo triste, pero...* Espera, no he terminado. A los pocos años, lo recordarás, se disparó el fenómeno de la autoedición; para ella fue una salida y un cambio radical, milagroso. Comenzó a gastar todo el dinero que le dejaba su sueldo de psicóloga en editarse sus propios libros, a veces en papel, a veces en digital, casi siempre en ambos formatos al mismo tiempo. Ya no llegaban inéditos a nuestros correos electrónicos, sino ediciones digitales cutres, impracticables, ilegibles, maquetadas por un ciego; nuestros buzones y los de decenas de críticos y poetas de todo el país rebosaban de pronto de discretos sobres acolchados, dentro de los cuales se apiñaban los delgados poemarios de Claudia. Ignoro qué respuestas obtuvo con esa estrategia, desde luego yo nunca contesté y me consta que mis amigos tampoco. Lo que sí tengo claro es que se volvió más ambiciosa. Un día nos llamó la atención que anunciase en las redes sociales la presentación de sus *Obras selectas* —un tomazo en edición *pulp* que no cabía en ningún buzón y que obligaba a ir a la oficina de correos a recogerlo–; el gesto era en sí llamativo (autoeditarse y autoantologarse), a lo que se sumaba la locura de que la presentación tendría lugar… en una ciudad estadounidense. Sólo un par de contactos de otras ciudades, que no la conocían, aplaudieron su anuncio y la felicitaron, los demás quedamos perplejos y dándonos codazos virtuales. Tres semanas después, Claudia colgaba algunas fotos donde se la veía leyendo el manuscrito de pie, frente a una pizarra. No se veía público alguno en las fotos, y tampoco había demasiados datos visuales que indicasen la exacta ubicación de la fotografía. Tampoco nos importó mucho. Pero tres meses después, Claudia anunciaba a bombo y platillo su "gira americana"; un tour de presentaciones de su libro, "a causa del gran éxito norteamericano", que incluía diversas ciudades de México y del sur y el este de los Estados Unidos. Se incrementaron los "me gusta" y los corazones en las redes sociales, aumentaron los aplausos y se la veía refulgente, espléndida, con el pelo llameante de felicidad. No te imaginas. Los escritores más jóvenes se peleaban para piropearla y conquistarla. Algún periodista local llegó a publicar algún suelto sobre la noticia. *Vaya*. Sí, vaya; todo había cambiado, hasta tal punto que comenzó a escamarme el asunto. Incluso llegué a hojear las *Obras selectas* de Claudia, por si había aprendido a escribir o a plagiar, pero por desgracia no había ocurrido ninguna de las dos cosas. Los versos seguían siendo cursis, falaces, ingenuos, mal medidos, sin chispa, burdos, enrarecidos, carentes de ambición, ralos, desesperantes. Mes y medio después, al regresar de su viaje, comenzó a subir fotos de su aventura americana, "plagada de éxitos y reconocimientos"; nuevos libros y contratos (autocontratos, se le olvidó añadir) se divisaban en el horizonte. Los seguidores en las redes aumentaban de forma exponencial, y ahora siempre acudía a los bares acompañada por jóvenes vistosos y delgados, que al besarla en la mejilla semejaban escaladores trepando esa enorme montaña roja que hay en Australia. Las fotos de su gira eran casi iguales a aquellas que habíamos visto en su primer viaje a los Estados Unidos: ella, de pie, sola, leyendo su libraco en diversas aulas y estrados, en los que veces aparecía de refilón algún póster, señal o indicación en inglés que parecía atestiguar la veracidad de los eventos. *Lo veo venir.* Claudia tuvo la mala suerte de que una de sus presentaciones había tenido lugar en el Sarah Lawrence College de Nueva York. Allí da clase una amiga mía, profesora asistente desde hace lustros. Le escribí un correo, preguntándole por la presentación de Claudia. Me dijo que no le sonaba de nada, pero que preguntaría en el departamento. Al mediodía siguiente me escribió para relatarme sus indagaciones: no se había realizado ninguna presentación de un libro de poemas, y el único acto organizado durante esos días había sido un seminario titulado "Psicología de la escritura". Mi amiga se había molestado en leer la lista de asistentes matriculados, y entre ellos aparecía una tal "Claudia P., psicóloga y escritora, España". *Entonces...* Me imagino que, en algún momento, antes o después de las charlas a las que asistía, Claudia le pedía a algún compañero de seminario que le hiciese una foto, como si estuviera leyendo para un público, como si estuviese presentando un libro. *Por favor, no me lo puedo creer.* Si en Nueva York sucedió de ese modo, es natural que la impostura tuviera lugar de la misma forma en todos los demás sitios. Me limité a entrar en la página de la Universidad de Texas donde había hecho su "triunfante presentación" unas fechas antes; la web no difundía ninguna una lectura poética, pero sí se anunciaba el curso "Women, Politics and Pain, a Psychological Perspective". Y ya dejé de buscar. Todo cobraba sentido de pronto. Estuve dando vueltas al asunto varios días. No lo comenté con nadie. No hice bromas al respecto con ningún amigo. Y hubiera podido hacerlo; estaba en mi derecho, porque Claudia estaba tomándole el pelo a todo el mundo y obteniendo una atención (tampoco mucha, la verdad sea dicha), que en realidad correspondía a otros colegas más dotados para la escritura. *Sí, es cierto.* Pero qué quieres que te diga: la imaginé de nuevo sola en todas las mesas, sola en todas las redes, sola en todos los bares, escribiendo en una esquina, sus rizos rojos aislándola del mundo. Y pensé: no hay necesidad. Ella es como nosotros: tiene miedo, quiere que la escuchen, sólo intenta no estar sola, como todos. Así que lo dejé correr. No hice nada, no dije nada. Claudia sigue haciendo una gira americana todos los veranos. Es feliz. Yo también. Y así deben seguir las cosas. Eres la primera persona a la que se lo cuento. *Desnúdame.*

Vicente Luis Mora

CRISIS DE FE

Teresa se santigua antes de sentarse.

– Ave María purísima…

– Sin pecado concebido. El señor esté en tu corazón para que puedas arrepentirte humildemente de tus pecados.

– Señor, tú que lo sabes todo, perdóname.

– Adelante, hermana. ¿Qué te aflige?

– Pues padre, que he pecao. Bueno, que creo que he pecao, no lo sé…

La mujer, con la cabeza gacha, no deja de dar vueltas a una sortija que se enrosca como una serpiente en su dedo anular. ¡Qué pestazo a ajo echa el cura por la boca! Mierda, una mancha blanca en la falda negra. ¡Joder! La había lavado ayer. Se chupa el dedo gordo y frota con tesón hasta que la consigue disimular con saliva.

– Pues José, el mediano, que la ha vuelto a liar. A ver, no voy a mentir. Yo sabía que fumaba y que alguna vez caía algo más fuerte. Pero nunca pensé que haría eso y entonces, claro, yo qué podía hacer… Pues eso, echarle de casa. A ver, Manuel, su lo dejó muy claro. Y él es el padre. Muy claro lo dejó: drogatas vale, no pasa nada, pero con lo de comer no se juega, y menos con lo de comer de toda la familia. ¿Y yo qué hice? Pues eso, de patitas en la calle, no voy a dejar a un zorro con las gallinas. Que aún quedan muchos por criar. ¿Me entiende? Pero claro, ya lo dijo Jesús, ¿no?

Quien esté libre de pecado que tire... Y yo, libre, libre, no estoy. Vamos, a lo mejor un canto pequeño puedo tirar, pero sin hacer daño. Porque bien que saqué del bote el otro día cinco euros para comprar una botellita de anís... Pero una cosa es una cosa y seis, media docena.

Avergonzada, Teresa baja la voz. Se acaba de dar cuenta de que estaba gritando.

— La providencia divina sigue caminos inescrutables, hermana. Recemos por la vuelta del hijo pródigo.

— ¿Pero cómo va a volver si el Manuel que es su padre no le deja? El crío ya ha pedido perdón, pero el otro dice que no.

— Pues hable con Manuel.

— Él no hace caso a nadie, a nadie. Ayer no pude comprar calzoncillos al pequeño, ni un duro tenemos. ¿Qué hago? ¿Dejo que se los pinche el otro? Dos buenos sopapos le metió... Yo qué voy a hacer. Mi hijo. Claro que es mi hijo. Pero, y los otros. El zorro con las gallinas, no. Eso no puede ser.

— ¿Hable con su hijo y dígale que venga por aquí? Quizá le puedo ayudar.

— Lo haré padre, lo haré. Pero, yo lo que quiero saber es...

— ¿Saber qué, hermana?

— Pues saber si he pecado, padre.

— Querida, solo Dios en su infinita consciencia sabe eso. Usted rece dos padrenuestros por el robo de los cinco euros y vaya en paz.

— Amen, padre.

Teresa se levanta, quita el polvo de sus rodillas y se dirige hacia la salida del templo. Al pasar por la puerta, moja sus dedos en la pila de agua bendita y limpia mejor la mancha de su falda. Así, en la penumbra, casi no se ve.

Víctor Gutiérrez-Sanz

Ilustración de Francisca Aleñar

LA HABITACIÓN

I

Cuando comencé la carta, no sabía que le estaba escribiendo a un muerto. Era difícil concentrarse en aquel lugar, sin nadie a quien mirar, a quien hablar. Solo. Cuatro muros, cinco contando el techo, el escritorio, la lámpara, la silla y este folio en blanco. A medida que voy rellenando las hojas me doy cuenta de que, quizás, la soledad era la única que me comprendía. No, borra eso. ¿Y si no quiero borrarlo? Hay que ver qué pesado te pones a veces. Espera, lo has vuelto a hacer, estás hablando ¿solo?

II

Lo observo. Ese ser miserable sentado en aquella silla de madera carcomida, con ojos solo para ese folio misterioso. A saber lo que está escribiendo, quizás su sentencia de muerte. Lo reconozco, en ocasiones pienso en cómo podría aplastarlo como un gusano.

III

Es curioso, pero a veces tengo la sensación de que estas viejas paredes cada vez están más cerca, acechándome, observándome, diciéndome qué es lo que debo escribir. Claro que he pensado en el suicidio, ¿por qué crees que escribo? Un folio, un lápiz y una mente totalmente perdida, que navega en el infinito oscuro y opresivo que es la conciencia humana. Esos que se consideran felices son solo unos hipócritas. Todos, ¡todos! También María. Y José, sobre todo José. ¡Quién era él para hacer lo que hizo! Anda, tómate algo

73

frío, creo que hay cerveza en la nevera. ¡Calla! ¿Acaso te digo a ti lo que debes beber? No, claro, tú no necesitas beber, solo estás ahí, al acecho, esperando el día en el que me corte el cuello.

IV

No lo entiendo, de verdad que no puedo comprenderlo. ¿Es tan difícil? Rellenas ese estúpido papel, te despides y todo se acaba. Tu miseria y mi tedio se darían la mano, felices por no tener que seguir conviviendo. ¿No es eso lo que queremos los dos? Si solo pudiese, si me dejase acercarme.

V

Cuarenta, treinta, veinte, no recuerdo lo metros cuadrados de esta habitación. Creo que antes había una pequeña tele, justo ahí, bajo la ventana, en ese mueble. ¿Escribo eso? No, mejor no. Otro folio. Quizás tiré la tele por la ventana. O quizás fue la propia tele la que se tiró, a sabiendas de que aquí no tenía nada que hacer. ¡No hay quien te aguante! Lo sé, pero no me importa. ¿Por qué se fue con aquella mujer? ¿Por qué no te quedaste conmigo, José? Ser hermanos es mucho más que llamarnos el día de nuestro cumpleaños. Tenías que vivir conmigo, ¡conmigo! Y en cambio me dejaste a mi suerte, en este cuchitril que antes llamabas hogar, justo cuando murió Mamá.

VI

Lo haré luego, cuando se vuelva a sentar. Cerraré la puerta y no tendrá a dónde ir. Se acabó.

VII

¿Cómo no pudiste saber que estaba enferma? No claro, tus dichosas vacaciones con esa maldita zorra eran más importantes. Al fin y al cabo es lo único que te preocupa. Y sé que fuiste tú el que dejó escapar a Manchas. Por todos estos detalles, que a ti te parecerán fútiles, decidí cortarte la garganta. A ti primero, porque si no, ¿quién iba a hacerlo si no? Creo que ya sé qué voy a escribir, pásame el folio. Ah, no puedes. Ya voy yo: «Le corté el cuello por Manchas. P.» Arreglado, esa será mi carta de despedida. ¿Ya está, has acabado? No, un detalle, solo un detalle: «TE corté el cuello por Manchas. P.» Ahora ya sé, ya soy consciente, de que estoy escribiendo a un muerto. Te estoy escribiendo a ti, a ti maldito payaso; a ti, que decidiste robarme a mis amigos en la escuela; a ti, que me robaste mi primer beso; a ti, que siempre fuiste el preferido de mamá; a ti, que decidiste tirarte a mi mujer; a ti, que te regocijabas de mis fracasos; a ti, que siempre fuiste consciente del daño que hacías; a ti, por Manchas. Aquí te quedas, muerto, y ahí tienes tu carta. Me voy.

VIII

Puerta cerrada. No tiene dónde ir. Ahora tratará de girar el pomo... lo hizo, ¡qué gracioso resulta verle tan angustiado! Ahora empieza a sudar y mira a su alrededor. ¿De verdad no se ha dado cuenta de que cada vez estaba más cerca? ¿Cómo era ese refrán? "Las paredes oyen". ¡Y tanto que oyen! Pobre, intenta escapar. Curiosa escena, parece una de esas jaulas en las que un hámster se ha comido a otro y luego intenta escapar. Lo mejor es que yo soy la jaula y no, no va a escapar. Cada vez más cerca, cada vez más cerca.

IX

Fin

Eduardo Martín Espallargas

Ilustración de Francisca Aleñar

EL PEAJE

El niño había volado durante incontables días y noches, atravesando cielos púrpuras, turquesas y plateados. La meseta se elevaba imponente sobre el interminable paisaje, tan gris como desoladora. "¿Dónde estaré?" El niño levantó la vista y pronto comprobó que había llegado antes de lo previsto. Estaba realmente cansado, sin fuerzas para continuar en el aire, por lo que decidió iniciar lentamente el descenso. Una vez en tierra firme, el joven caminó durante varios minutos sin ver ni oír absolutamente nada. Cuando llegó al área más alta del altiplano observó que a unos metros se elevaba una ruinosa edificación de la que solamente quedaba una vieja puerta de madera. Era una cancela cerrada, desgastada y oxidada; rodeada por un montón de rocas de todos los tamaños. La cochambrosa construcción se alzaba en lo alto y, aunque parecía una distancia cercana, había un recorrido nada despreciable hasta ella. Un sendero de unos veinte metros levantado entre miles de pequeñas, puntiagudas y molestas piedras. En la entrada había un cartel poco alentador, en el cual rezaba: "Bienvenido al humilladero". El niño no tardó demasiado en verificar el significado de aquellas palabras, cuando las primeras piedras que adornaban el caminito comenzaron a clavársele como punzones en las plantas de sus pies.

"¿Pero a quién se le ocurre hacer algo así?" masculló el crío mientras avanzaba entre quejidos. Tras haber andado unos

77

cuantos metros, divisó a dos centinelas que deambulaban en círculo de forma monótona alrededor de la puerta. Eran dos perros acorazados. Tenían cascos plateados y estaban recubiertos por una armadura del mismo color. Uno de ellos tenía el pelaje rizado y canoso y lucía un ancho bigote. El otro era más pequeño, negro con manchas blancas y, ciertamente, parecía de menor edad.

No transcurrió mucho hasta que los perros se percataran de su presencia. Se acercaron hasta él dando fuertes y pronunciados ladridos, pero el mocoso no se asustó demasiado ya que había visto muchas veces a esas nobles bestias a lo largo de sus viajes. Los dos centinelas le rodearon iniciando el tradicional ritual de olfateo canino, hasta que el más pequeño no pudo aguantar más la curiosidad y, haciendo acopio de todo el desparpajo que le fuera posible, se atrevió a preguntar:

– ¿Qué opinas?

– ¿Qué opino acerca de qué? - le contestó el perro del pronunciado bigote.

– ¿Qué opinas de esto? – repuso el otro, mientras indicaba al niño con el hocico.

– ¿Parece un mono no?

– Pero míralo bien, no tiene pelo. Y además tiene alas. Mmmmm-murmuró mientras estiraba una pata- esto es todo un reto.

– Es verdad, no tiene mucho pelo, pero tiene plumas. Entonces... ¿Qué animal propones que sea? - repuso el del mostacho con resignación.

– Mmmmmm- volvió a mascullar mientras se relamía la otra pata. Siento decirlo, pero no lo sé.

Incómodo, el nene dio un paso al frente, sabedor de que debía cerrar la discusión.

– Solo soy un niño humano.

– ¿Un cachorro de hombre por aquí? Eso sí que es ciertamente extraordinario, inaudito en la tierra de los animales– dijo el anciano al tiempo que el más joven se le acercaba y le susurraba algo al oído– Sí, sí. Tienes razón, de acuerdo- el perro del pelo rizado se dio la vuelta y le miró concluyendo: -Permítenos unos minutos, por favor. Tu presencia supone una provocación para nuestros sentidos y antes de continuar debemos decidir qué eres.

Pasados unos segundos el cónclave llegó a su final y, echándose hacia adelante, el anciano pronunció su veredicto:

– Hemos decidido que nos da igual lo que seas. No nos caben dudas que eres un ser excepcional, mitad mono, mitad pájaro, pero posees tantos aromas que no somos capaces de detectar cuál es el que predomina más en ti. No hemos visto nunca un ser humano antes, pero por las descripciones que tenemos de ellos tú no puedes ser uno. Además, no es de nuestra incumbencia, pero has de saber que si tu intención es atravesar la puerta debes de pagar el peaje, como todos los demás.

– ¿Y hacia dónde lleva la puerta?- inquirió el niño, con cada vez más curiosidad sobre el asunto.

– Eso tampoco lo sabemos. La puerta conduce a sitios diferentes, pero todos coinciden en el mundo de los hombres.

– ¿Al mundo de los hombres?- dijo el jovencito con la voz quebrada, mezcla de miedo y asombro y los ojos grandes como platos.

– Cuando un animal decide entrar en el mundo de los hombres nos ha de pagar y luego atraviesa la puerta.

– ¿Y con qué han de hacerlo? ¿Queréis dinero? Las personas lo cambian todo con esos papeles.

– El animal que decide abandonar nuestro mundo ha de regalar su razón para que nosotros podamos distribuirla entre los animales recién nacidos, de este modo logramos que permanezca el equilibrio entre los nuestros y los que deciden emigrar. Así es como los animales que viajan al mundo de los hombres pierden la facultad del habla.

Cuando el perro de color naranja terminó su relato, una profunda tristeza invadió al chiquillo. Por mucho que se esforzara no entendía demasiado sobre el amor, el sacrifico o la pérdida, pero

daba igual, porque el sentimiento de desasosiego ya no le abando-
naría. Tampoco podía distinguir lo que había delante, una bruma
plateada y brillante le impedía ver más allá, pero una cosa estaba
clara: nunca volvería al mundo de los hombres.

Ignacio Pillonetto

Ilustración de Francisca Aleñar

Hᴬ del Pez y la Luna

Esta es la historia de un pez que nadaba entre nubes negras.
En luna nueva, se confundía con el reflejo de una estrella en el mar.
El pez nadaba esquivando las algas que colgaban del cielo.
Sus ojos buscaban algún lugar donde encontrar consuelo.
Pero no encontró más que fría niebla que aguaba su pesar.

En este cielo no había peces como él,
tampoco brillantes burbujas,
solo un Ave Fénix esperando a que resurja.
Cada noche pausaba su viaje deteniéndose sobre el mar,
contemplaba su rostro en el espejo
que siempre quiso tocar.

La luna escuchó su plegaria, y el pez algo habría de pagar.
La luna se hizo un traje de escamas, y el pez se hizo a la mar.
Muy frio sintió este nuevo mundo, sin abrigo, sin destino.
Sin embargo una repentina alegría creció veloz en su interior,
al encontrarse con su misma especie, incluso mismo color.
Comprendió que había estado perdido mucho tiempo en aquel
paisaje lúgubre de árboles susurrantes y oscuras lagunas.
Y no sabía cómo había acabado ahí arriba.
Comprendió que este era su viejo mundo y su nueva vida.

Había pasado tanto tiempo escondido en la niebla, que la soledad le fue volviendo de piedra.
Cuando fue a batir aletas, algo inesperado le fue a pasar, se vio a sí mismo sin escamas, sin identidad.
Nadó y nadó hasta encontrar rocas por encima del mar.

Paró allí mismo aliviado pensando que se sentía refugiado.
La marea creció aquella noche, el pez fue arrastrado a la mar, y cuando se dio cuenta, veloz comenzó a saltar, hasta llegar a la fina arena, dejando las piedras atrás.
Se ponía el sol, y la luna coqueteaba con él.
Y cuando éste se marchó, quiso el pez recuperar su caparazón.
La luna enojada se lo negó. Debía aprender a ser diferente, con el mismo corazón, que nadie notó su piel, que solo era obsesión.

¡La luna le hablaba rompiendo las olas y el pez contestaba moviendo la cola!

Noches enteras pasó el pez contemplando a la sirena, y capricho del destino fue que acabó enamorándose de ella.
Un día el pez se despertó con el brillo del sol en sus escamas, y cuan sorpresa fue la suya al contemplar que volvía a ser como ansiaba.

Deseaba dar las gracias a la luna y declararle su amor sin ninguna duda, pero esa noche la luna no apareció. Tampoco la siguiente, la luna no volvió.
Las olas ya no susurraban, ni siquiera le trajeron un adiós.

Un reluciente destello le despertó en la madrugada, abrió los ojos vio una hermosa sonrisa en el cielo dibujada. La emoción le embriagaba hasta el final de sus escamas.
Antes de que el pez se atreviera a preguntar, la dulce voz de la luna

al compás del viento comenzó a cantar. Hablaba de miedo, dolor, de su triste corazón, de querer alejarse de toda ilusión…

El viento gritaba a sus oídos la agonía de la luna entre oscuros silbidos. Y ésta
atrajo con su alma herida, nubes negras que la llevaron al olvido.

Y volvió a desaparecer, esta vez le dejó un mensaje en el brillo del mar.
Decía que lo sentía, pero que el sol la esperaba en algún lugar.

No podía creer que sus ojos la volvieran a perder otra vez.
En el silencio de la noche, cerró los ojos y escuchó cómo volvía a quebrarse su alma y su inocente corazón.
Y cayó con su recuerdo por el acantilado, veloz.
Besó las rocas que discutían con las olas.
Las besó tan fuerte, que dejó de mover la cola.

¡Y esta vez fue el pez el que no se despidió!

Esa noche la luna vistió de sangre su camisón, de sus ojos manaba furia y dolor.
Se prometió ser de piedra, más de arena se volvió.
Perdida tuvo que ver su mirada para darse cuenta de que estaba enamorada.
De que el mejor momento del día era cuando salía y el pez la esperaba.

La luna alzó las aguas, y le abrazaron las olas, arropando su eternidad dentro de una caracola.

Mª Encarnación Rodríguez García (España)

Café juntos

El que era considerado el mejor catador de café descubrió su talento al olerlo y ser capaz de diferenciar decenas de variaciones: el lugar del café, la mezcla, la combinación perfecta, el agua necesaria, el tueste del grano...

Hasta entonces nunca lo había probado.

Entonces le dijeron que ese talento debía explotarse.

Dijo que no hacía falta, que él ya sabía todo lo necesario.

Pero se lo exigieron, su grandeza no podía hacerse esperar, decían.

Y el día que lo probó por primera vez sintió que el café era una bebida mágica: su talento se hizo de tal intensidad que consiguió percibir matices y realidades del café desconocidas hasta entonces por el ser humano: la tierra, la planta, las hojas, el color del cielo bajo el que había nacido el café, el tiempo de sus soles y sus lunas, el agua que lo hizo crecer, incluso las manos de los hombres que lo cuidaron en alguna parte de la Tierra...

Pero ese día no pudo dormir, ni la noche siguiente ni la siguiente, ni la siguiente. Una semana entera llena de oscuridad. Viéndola sin descanso.

.

Pasaron los años y el que era considerado el mejor catador de café se limitó a ser alguien mediocre en las catas de café: necesitaba dormir como todos.

Y otros eran capaces de dormir bebiendo café, tras saborearlo y saber.

.

Siguió el tiempo pasando.

Y un día, de azul en el cielo, conoció a una mujer, de viaje por una ciudad desconocida por ambos, y por casi todos en general.

Se conocieron tras el postre, tarta de zanahoria. A él le trajeron un vaso de agua y a ella un café solo: ni pidió leche ni añadió azúcar.

Él la vio: sabía que las mujeres eran bonitas por su forma de son-reír y de mirar, y en su caso, por beber el café solo: se acercó a ella y se sentó junto a ella.

Él le dijo: si me das un beso te diré todo sobre este café solo: todo.

Ella pensó que aquello lo decía todo hasta entonces sobre él: ella le dio aquel beso: él no dijo nada.

Él se quedó con ella. Ambos se quedaron entre ellos. Ambos aca-baron con el café.

Ambos. Con el paso de los años fueron los geniales catadores de café. Juntos.

.

Porque él lo olía: ella lo bebía: ella lo besaba: él lo sabía.

Dormían los dos. Ambos soñaban. Juntos.

Jesús Jiménez Prensa (España)

CAMIÓN DE JUGUETES

El balón cayó del camión de juguetes y picando se detuvo en los pies de Marcelito. La calle estaba tranquila, sólo se escuchaban los gritos de los chavales que disputaban encendido partido de fútbol. Instantáneamente se enamoró del balón azul y grana que ya brillaba en sus manos.

– ¿Puedo jugar? – pidió a los sudados contendientes en la dura cancha de cemento.

El más alto, pelado y sonriente, detuvo el balón gastado y con éste bajo el brazo caminó hacia el tejido que lo separaba de Marcelito.

– ¿Por qué crees que hoy vamos a dejar que juegues? – preguntó casi gritando.

Marcelito levantó el bello balón azul y granate, y fue como una luz para los mosquitos, los otros chavales hicieron un semi-círculo para admirarlo.

– Porque tengo éste– dijo orgulloso.

– ¡Pues que venga Rodrigo! -gritó uno pelirrojo con pecas– ¡No seas bruto! ¡Mira ese balón!

– ¡Pues venga! – dijeron a coro guardando la pelota gastada.

No con poco trabajo Marcelito escaló el tejido luego de lanzar el balón. Cuando al fin lo logró, no con pocos raspones, los otros ya habían armado otro partido.

– ¿Yo no juego? – le preguntó a Rodrigo, que estaba en la portería.

Ni lo miró. Su voz se perdía entre los gritos de los otros, pateando la bella pelota.

– ¡Por favor, déjame jugar! – insistió.

– ¡Tú cállate mejor, no me distraigas! – le increpó el pecoso cabello rojo.

Entonces, acostumbrado a esos abusos, Marcelito comenzó a caminar de cabeza gacha hacia el tejido, pero el balón brillante detuvo su movimiento justo en el momento que el más bravo de los muchachitos lo golpeaba con el empeine. Fue como si pateara una piedra. El ruido roto junto al grito de dolor conmovieron a los pajaritos que se acurrucaban en los árboles del campo de deportes. Volaron en bandada.

– ¡Ayyyy! – gritó dolorido y llorando.

Todos quedaron absortos, más viendo la hermosa pelota como clavada con una estaca sobre el cemento, que escuchando los lamentos del lastimado

– ¡No puedo moverla! – exclamó otro muchachote que la empujaba con ambos pies y apoyando los brazos en el suelo.

Otros ayudaron practicando las posiciones más insólitas para ejercer mayor fuerza, pero tampoco pudieron moverlo. Parecía uno de esos bollones de vidrio de los almacenes de antaño, repleto de caramelos que no podían evitar brillar así como brillaban lanzando chispas multicolores por los reflejos de los rayos del sol.

– ¡Oye tú! – gritó Rodrigo entonces creyendo tener una buena idea- ¡Llévate tu balón entonces!

Marcelito, que ya estaba del otro lado del tejido, viendo los vanos esfuerzos por despegar el balón del piso, tuvo su jugada allí mismo.

– ¡Lánzamela tú! – le respondió.

Los demás mozalbetes se miraron.

– ¿Intentas burlarte de mí? – dijo el pelirrojo al tiempo que otro de la banda que intentaba mover el esférico, de pronto lo hizo sin dificultad, como se levantan los balones- Sabes bien que no podemos.

La muchachada volvió a quedar absorta, menos pecas, que le pidió al que tenía el balón azul que se lo lanzara y el otro así lo hizo sin chistar, entonces miró a Marcelito y le lanzó una guiñada.

– ¿Sabes? ¡Mejor me lo quedo!

– ¡Ja ja! – festejó el coro.

Pero la cara del ladronzuelo comenzó a ponerse roja, y las manos a echar humo como si el balón hirviera. Lo mandó al otro lado gritando de dolor. El balón llegó picando suavemente hasta los pies de Marcelito, que sin cogerlo comenzó a caminar calle arriba con naturalidad, y el balón rodó junto a él como un animalito azul perdido por el camión de juguetes, con su propia naturalidad.

Walter Biurrun (Uruguay)

EL CARMÍN DE ALICIA

Cuando abrí los ojos y vi a Alicia y al conejo blanco pensé que estaba en un sueño. Me pellizqué en varias ocasiones, pero la escena era real. Ella llevaba un vestido azul eléctrico, la falda por encima de la rodilla y una larga melena negra que le caía por los hombros. El conejo tenía, al menos, un metro de altura, estaba gordo y respiraba con dificultad. En la mano llevaba un inhalador para el asma. Alicia me miraba sonriente, mientras se pintaba los labios con un carmín rojo.

— Pensé que eras rubia –dije.

Ella cerró el carmín y sacudió la melena.

Yo estaba sentado y, desde mi posición, contemplaba las piernas de Alicia; dos perfectas extremidades que finalizaban en un par de zapatos de tacón.

— ¡Venga! –exclamó– levántate y sígueme.

— ¿Por qué? –pregunté.

Ella dejó de sonreír y me miró extrañada, como si la respuesta fuera tan obvia como innecesaria mi pregunta. Después se puso a correr. El conejo sacó un pañuelo y, tras secarse, hizo uso del inhalador y también empezó a correr. Yo fui tras ellos. Atravesamos un bosque. No era especialmente frondoso, pero la velocidad de Alicia me dificultó el seguirla. Ella, a veces, se giraba y, siempre sonriendo, me animaba a continuar la carrera. Tras unos minutos, que se me hicieron horas, dejamos el bosque y llegamos a una explanada con un acantilado. Alicia se colocó en el borde y me invitó a acompañarla.

— Ahora –dijo– el conejo y yo saltaremos. Tú lo harás después.

— ¿Por qué? –volví a preguntar.

Alicia me miró muy seria. Se atusó el pelo, se ajustó el vestido y con un gesto discreto se subió ligeramente la falda. Supuse que esta Alicia no estaba acostumbrada a que la cuestionaran.

— ¡Vamos! –gritó. Y saltó hacia atrás junto con el conejo.

Yo también salté.

Empezamos a caer a gran velocidad. El conejo sacó el inhalador y aspiró con fuerza, tanto, que se hinchó como un globo. Alicia se agarró a sus orejas y ambos quedaron suspendidos en el aire mientras yo caía. Les grité, pero ya estaban muy lejos de mí. Intenté sujetarme a algunas de las ramas que salían de la pared del acantilado, pero mis esfuerzos fueron inútiles; mi caída era imparable. A medida que me acercaba al suelo empecé a vislumbrar lo que parecía una infinidad de cristales rotos. También empecé a escuchar lamentos que venían del fondo. A pocos metros del final mi primera visión se confirmó, todo el suelo estaba lleno de cristales rotos. Al chocar contra la superficie mi cuerpo se hizo añicos. Empecé a quejarme y a pedir ayuda, pero por respuesta sólo obtuve otros lamentos ajenos. Instantes después, Alicia y el conejo se posaron en el suelo. El conejo se desinfló y ella se acercó hasta mí. Se agachó y recogió el trozo más grande que quedaba de mi cuerpo. De su bolsillo sacó el carmín y, utilizando el cristal como espejo, se volvió a pintar los labios. El conejo se acercó hasta ella y le preguntó:

— ¿Hasta cuándo piensas hacer eso, Alicia?

— Está claro –respondió– hasta que se acabe el carmín.

Y se alejó pisando cristales rotos.

Jesús Fornis Vaquero (España)

Hermanos de tres leches

Esqueleto y Calavera nacieron al mismo tiempo, eso decía su madre cuando le preguntaban quién había salido primero. Los padres primerizos tuvieron dicha doble: unos gemelitos que se nutrían de sendos senos, dormían en la misma cuna y berreaban al unísono.

Muy tarde supieron que tenían una condición especial: eran perfectamente sanos pero no crecerían más de un metro. Eran enanos. Sus padres buscaron contrarrestar esto con una dieta rica en todo, devoraban toda la proteína del huevo, cada vitamina de la espinaca, hasta la última gota del calcio lácteo. Todo fue inútil, no crecieron ni un centímetro más.

Ser de estatura pequeña tenía ventajas espaciales pero también algunos retos sociales. Fuerza, agilidad, valentía y bravura son esenciales para la seguridad física y emocional, en su caso eran aún mayores para protegerse de los compañeros abusivos. Por eso desde pequeños (de edad) se dedicaron a la defensa personal, al ejercicio constante y a extremas rutinas en gimnasios

Después de recorrer varias disciplinas de pelea y contacto alguien vio sus destrezas, sus cuerpecitos y sus atípicas fortalezas. Fue así que los invitaron a entrenar lucha libre en la categoría de "miniluchadores", esos que abren las grandes funciones. Aceptaron y en muy poco tiempo ya estaban preparando sus personalidades, lances, quebradoras y llaves. Su *debut* profesional sucedió rápido y su minipopularidad creció como ellos no pudieron.

Recorrieron todas las arenas del país con sus mortuorios atuendos. Iban descalzos, en mallas negras de diseños óseos y usaban máscaras de cráneos con funestas sonrisas. Desde entonces fueron conocidos como Esqueleto y Calavera. Su prestigio dentro del cuadrilátero llegó hasta el lejano oriente: viajaron a una exitosa exhibición en Japón. Esa gira fue la gran aventura de sus vidas pero el tiempo lejos de la Ciudad de México los enloquecía.

Cuando regresaron buscaron desesperadamente un lugar de tacos, tequila, mariachi y peligro: la Plaza Garibaldi. Entraron a una cantinucha y se embriagaron con rapidez de ninja. Ahí mismo encontraron a una rubia prostituta de sesenta años. Ella supo cómo acercarse, embriagarlos y seducirlos con delicadeza de geisha. Al amanecer, con el sol naciente, los luchadores salieron con la sexagenaria sexoservidora al motel más cercano. La experiencia de la meretriz invitaba a una primera experiencia tripartita.

Ya en la habitación la mujer entró al baño mientras ellos se desnudaban. Se sentaron en la cama y balanceaban inquietamente sus pies que apenas rebasaban el colchón hasta que ella salió sin sostén, con las manos se apretaba sus mamas húmedas en dirección de cada uno. Esqueleto y Calavera se aproximaron hambrientos a esa loba, eran Rómulo y Remo a la mexicana. Ambos percibieron un amargo sabor alrededor de esos pezones que no les importó, tal vez así sabían los pechos a la sexta década, quizá era su borrachera o reminiscencias de *shushi* con *wasabi*.

Poco a poco la intensidad de sus chupadas fueron descendiendo, iban cayendo sin rendirse hasta que se recostaron pacíficamente y durmieron para siempre. La prostituta revisó sus pertenencias y sólo encontró algunos yenes y boletos del tren bala. Los maldijo, en ellos dedicó la noche entera y los pesos que tenían no pagaban ni el narcótico que se puso en las tetas para asesinarlos. Huyó.

Más tarde la policía buscó a la madre para el reconocimiento de los cuerpos. El corazón de la señora se quebraba al verlos juntos, como desde el primer día: se fueron como llegaron, al mismo tiempo. Se persignó llorando de dolor y ternura a los pies de una cama de motel, frente a los cadáveres de Esqueleto y Calavera.

Wenceslao Amezcua (México)

A LA LUZ DEL CANDIL

Nuevamente el conjuro ha sido desatado y los espectros nos rondan en la casa. Alguien los ha invocado, ha pronunciado las palabras ocultas del libro y ya nos sobrevuelan. Y es que los fantasmas, por esencia, no pueden ser exterminados. Se adhieren al moho de las paredes, duermen solitarios y callados en el hueco de los ladrillos, se aferran a la transpiración del cielorraso…, y allí aguardan, expectantes, vigilantes, a arrasar nuevamente la escena.

Lo maravilloso de su entidad es que el efecto que generan es, asimismo, el que logra convocarlos. Las viejas palabras sajonas del poema del odio, redactadas en una lengua tan muerta como lo son ellos, solo pueden ser leídas por aquellos seres presos del miedo, del terror, del rencor. El común de los mortales ni siquiera conoce acerca de su existencia, de su presencia cual antigua cantiga, en la solapa del añejo libro de los sortilegios. Si en un descuido el ejemplar cayera en sus manos, sus páginas solo reflejarían el blanco de su textura, pues para esperar a su presa deben ocultarse de los nigromantes que buscan cazarlos y condenarlos al exilio.

Pero ahora, nuevamente, han sido liberados y nos sobrevuelan llenando de nauseabundo azufre el entorno. Es sorprendente cuan sencillo es congregarlos, que simple citarlos y que tan dificultoso deshacerse de ellos y apartarlos. Y aunque el tiempo de su presencia sea breve, su semilla germina fácilmente enclavando con fiereza sus raíces en el humus de la animadversión.

Los compendios de la memoria tienen plagados sus folios de momentos como estos, pero la afabilidad del ocio se aferra a sus tapas como las telarañas a los rincones oscuros de la casa; si así no fuese, no existiría el abono que desata su permanente regreso, su reiterado suplicio, su tributo al tormento.

Recuerdo de niño su postrera presencia, el espanto y la parálisis..., su destrucción. Como me cubría bajo las mantas buscando alejarme de su existencia. Es que la puerilidad te conduce a creer que aquello que no ves..., no te encuentra. Por eso me dispenso, porque mi candor me llevaba a ocultarme, a no contemplarlos. Pero hoy sé que si no los veo, es porque no lo deseo, porque lo elijo, porque empiezo a asemejarme a mis pesadillas.

No soy un hechicero. No poseo sus artilugios. Mi único embeleso es el recuerdo. Por eso solo resta que sople y desempolve los libros de la memoria, que dirija la luz de mi candil a sus amarillentas hojas y las divulgue: son la panacea que combate las viles ánimas.

Guillermo Carlos Delgado (Argentina)

De regreso a mis viejas utopías

I
Nadie pregunte si regreso o parto
sobre el oscuro de las hojas muertas.
¿Cuál es el rumbo? ¿Cuáles son las puertas?
¿Cuál es el Dios que puede abrir el cuarto?

No es por nostalgia que he sobrevivido,
no es por amor que escribo este soneto:
amé a la muerte y me faltó el respeto,
amé la noche y me sobró el olvido.

Nadie intervenga mis postrimerías,
mis ayeres. Soy solo un transeúnte
que regresa a sus viejas utopías.

Nadie intente saber. Cualquier apunte
sobre mis largos miedos y alegrías,
no pregunten por qué. Nadie pregunte.

II
Vuelvo a mi piel de oscuras cicatrices,
a una sombra fatal que me derrumba,

a una ciudad manchada en ultratumba,
a beber otra vez mis sombras grises.

Vuelvo a lo que jamás será pasado,
hasta el viejo portón que alguna vez
me vio partir sin antes ni después,
como rehén de un sueño inhabitado.

Y no preciso más que alguna lumbre
intemporal, un golpe de costumbre
para reconstruirme en la distancia.

Yo no preciso el antes, solo vuelvo.
Culpable o no de mí, tan solo absuelvo
los mártires profundos de mi infancia.

III
Soy parte de la aldea. Soy el hijo
que nunca contará ninguna historia,
el eco de una sombra migratoria,
la noche secular que Dios maldijo.

Soy mártir de una luz humedecida
por el fuego cruzado de mis muertos.
Yo soy un prisionero de otros puertos,
de una bala pasada y resentida.

Entre noticias falsas y rencores
anclé mi porvenir en los temores,
como un viejo rehén de la marea.

Jamás pude escapar de la borrasca.
Al polvo he de volver, a la hojarasca.
Les juro que soy parte de la aldea.

IV

He de fundar una ciudad sin nombre,
una argamasa de héroes y perjuros
donde seremos, pávidos e impuros,
el combustible con que nazca el hombre.

Es el dolor lo que nos resucita,
es todo el tiempo de no ser yo mismo,
es algún sueño frente al ostracismo,
es la añoranza quien nos regurgita.

He de volver, pero después de muerto,
quiero sentir la última estocada.
He de atracar por fin en otro puerto;

nada resurge de la misma nada.
Todo es posible, pero nada es cierto.
He de fundar una ciudad sagrada.

Alexander Aguilar López (Cuba)

Alineación y Balanceo de Sombras

Esta mañana, caminando por la Avenida Insurgentes, entre una polvorienta tienda de vinilos y una nevería, vi colgado un letrero que rezaba "Alineación y Balanceo de Sombras". Inmediatamente pensé que era una broma o un error ortográfico de esos que abundan en las fachadas de los negocios de la Ciudad de México. Además, ignoraba que las sombras se arreglaran. Creía que una vez rotas, se regalaban o tiraban –¿en el recipiente orgánico o inorgánico?– pero jamás imaginé que hubiera gente honrada que se dedicara a tan elevada labor. Estaba equivocado, querido lector.

Ahuequé mis manos y me asomé por el vidrio. Parecía un negocio cualquiera. Un mostrador, un estante con suvenires, y un joven despachador vestido a la moda desenfadada de la colonia Roma. De pronto, un ayudante abrió la puerta del fondo y observé cuatro sombras colgando de percheros metálicos. (Pregunta: ¿dramatizar el relato con las violentas reses de Francis Bacon o contar las cosas como realmente sucedieron?). No parecían sufrir pero advertí tristeza en su forma holgada, como si estuviesen mojadas.

Cuando me disponía a entrar, recordé lo sucedido a Peter Schlemihl tras jugar con el destino de su sombra y un presentimiento literario me obligó a quedarme fuera, al resguardo del sol de las tres de la tarde y mi sombra bien pegada al suelo.

Sin embargo, la curiosidad me abrumó y tras comprar una nieve para hacerme el loco, pensé si este negocio sería como las tintorerías o sastrerías. ¿Cuántos días soporta un hombre sin su sombra? ¿Cuántas deberán reparar para pagar el alquiler? Las grietas que salpicaban los veinte metros cuadrados del establecimiento, sugerían que no sería tan caro. Treinta sombras por semana, a mil pesos cada una, suficiente para sobrevivir mientras se encuentra algo mejor.

Pero las matemáticas me asustaron: ciento veinte sombras al mes igual a mil cuatrocientas cuarenta sombras lavadas y enceradas al año. ¿Quiénes serían los clientes habituales?

Las personas que visten corbatas y horarios, suelen llevar su sombra consigo cuando caminan bajo el sol. Jamás la pierden de vista y si supieran de este negocio preguntarían nerviosos: "¿Si se equivocan y me entregan otra que no me obedezca? ¿Si algún millonario compra todas las que quiera? Prefiero cuidarla a diario y acostarme temprano". No hace falta alargar más, fin del primer caso.

Los poetas tampoco podrían ser, ellos arrojan sus sombras en las esquinas para continuar la tradición de Girondo, pero como ya no existen tranvías que se las mutilen, se quedan como calcomanías en el asfalto, melancoleando una época mejor. Hasta que llega el oficial y los obliga a continuar-circulando.

Otros las desestiman por completo, las apuestan en juegos de fútbol, las regalan al primer amor y cuando las piden de vuelta, las encuentran marchitas; otros las dejan sueltas por la calle y deambulan solas, sucias y con las uñas largas; los que gustan de la sombriroflexia, las doblan, extienden y arman monstruos para asustar a los inocentes; la gente del Centro es la peor, las pisan tan torpemente que perderían dos o tres días para arreglarlas, y entonces, pues no hay varo para esos lujos señor, sólo arrancamos la parte dañada y seguimos encarando la vida rezando no haya otro pisotón; en efecto, hay habitantes de esta Ciudad que me han confesado ser parientes lejanos de Diógenes de Sínope, quien incluso despreció la sombra de Alejandro Magno.

Entonces, ¿quiénes serán esos clientes que deciden quedarse insombres algún fin de semana para llegar el lunes a la oficina con su sombra bien planchada? Preguntas que se quedarán sin resolver por este escritor cobarde.

Gabriel Martínez Bucio (México)

EL MÁS GRANDE

Todo estaba en calma y en orden, hasta que uno de los dolores fue movido por el perverso deseo de sentirse y creerse más que los demás; así que se dedicó a visitar a cada uno de los demás, retándolos a que él era el dolor más grande.

–¿Qué quieres dolor de estómago? –le preguntó el dolor de muelas, que fue al primero que visitó.

–¡Vengo a decirte que yo soy más grande que tú!

El dolor de muelas quedó mudo por unos segundos ante tal aseveración y después se echó a reír:

–¡Ja, ja, ja!... ¿Estás loco?—. Tú no me llegas ni a los talones. Las mayores ventas de analgésicos no son para aliviar un dolor de estómago, sino para aliviar el mayor de los dolores: el dolor de muelas… ¡Ése soy yo!

El dolor de estómago reconoció entonces no ser tan grande como el dolor de muelas, pero al no quedarse contento con su derrota, de manera intrigosa le dijo:

–Tal vez seas más grande que yo, pero acuérdate que hay muchos dolores… ¿Qué te parece el dolor de parto? ¿Crees que sea más grande que tú?

–¿El dolor de parto? –contestó el dolor de muelas con una ira que no podía ocultar–. ¡Claro que no!... ¡Yo soy el dolor más grande y estoy dispuesto a encararlo para demostrar que lo que digo es verdad!

Así que fueron ambos con el dolor de parto a resolver esta duda que los inquietaba sobremanera.

—¿A qué se debe su visita? —dijo el dolor de parto al ver que el dolor de estómago y el dolor de muelas habían arribado de manera intempestiva.

—Aquí con la novedad de que mi compañero, el dolor de muelas, dice que él es más grande que tú y que todos los dolores que existen —dijo el dolor de estómago con la malévola intención de generar un ambiente de lucha entre los nuevos contendientes.

—De cierto te digo que yo soy mayor que tú —le dijo el dolor de parto al dolor de muelas y se apresuró a argumentar las razones de su afirmación antes de que el dolor de muelas pudiera decirle algo—: Por si no lo sabías, me hago presente casi en promedio cada segundo, tiempo en el que nace un nuevo ser humano en el mundo. Y soy un dolor tan grande, que sólo la felicidad de tener entre sus brazos a un hijo, mitiga el dolor en cada madre.

El dolor de estómago y el dolor de muelas se miraron el uno al otro, mas no pronunciaron palabra, reconociendo que lo dicho por el dolor de parto era cierto.

El dolor de parto luego dijo:

—Sin embargo, aun con lo que acabo de decir, no soy yo el más grande de todos los dolores. Vengan conmigo y les enseñaré quién es.

Así lo hicieron, aunque para el dolor de estómago y para el dolor de muelas ya era difícil creer que hubiera un dolor más grande que el dolor de parto.

—¡Aquí está! —dijo el dolor de parto—. Les presento al dolor más grande de todos: el dolor del corazón. ¿Quién sino éste el más grande de todos?

Dolor hiriente y lastimoso, aquel que se vive al ver a nuestros semejantes en desgracia…

Dolor inadmisible e injustificable, aquel provocado por las aberrantes acciones cometidas por el hombre, contra el mismo hombre…

Dolor grande y profundo el que se experimenta por la traición del ser amado…

Dolor inmensurable e inconsolable aquel que se padece por la muerte de un ser querido…

Dolores todos del corazón y presentes en toda la humanidad.

Después de escuchar lo dicho por el dolor de parto, el dolor de estómago y el dolor de muelas quedaron sin habla y sintieron por primera vez dolor en su corazón.

Jaime Moreno Nichols (México)

Se rompe la hoja

Cuando *Miguel* decidió presentarse al concurso literario no tenía claro en qué libro inspirarse de modo que se cogió al *Kelvinator*, un perro de aguas que le hacía compañía y al que había puesto nombre su abuelo en claro homenaje al primer frigorífico que tuvieron en la casa natal, y que duró todos los años que quiso dicho sea de paso. Se cogió al *Kelvinator*, decía, y se acercó hasta la alargada sombra de un ciprés al que únicamente llegaría siguiendo el camino descrito en el diario de un cazador que leyó hace ahora dos veranos y que explicaba, punto por punto, cómo encontrar los lugares donde levantar la perdiz a esa hora en que aún está como atontada por tener el buche relleno y andar con la digestión en las tripas.

Él, me refiero a *Miguel*, había pensado escribir el diario de un emigrante pues así le llamaban en el pueblo desde que marchó a la ciudad a buscar trabajo en el nuevo supermercado y que en palabras de *Aniceto*, el dueño de la única tienda de alimentación, acabaría por cerrar todos los colmados de la zona ya que la gente prefería ir a comprar allí antes que acudir al comercio de siempre, el tradicional que decimos nosotros. Bueno a lo que estamos, que me pongo a pegar la hebra y me lío yo solo, pues finalmente no lo hizo porque ya había un libro que trataba el tema y como decía el bueno de *Miguel* "*para que me digan copión, pues no me molesto en ponerme a la faena*".

Mientras masticaba el pedregoso condumio, que iba a morir a los pies del ciprés donde esperaba encontrar la inspiración literaria, *Miguel* andaba rumiando recuerdos de su infancia, como la vez que *Macario* y él se escaparon de casa y estuvieron cinco horas escondidos en la huerta de Don *Zacarías*, aquel cura que hubo en el pueblo al que le gustaba más el vino que la misa y que dicen las malas lenguas que marchó sin decir adiós destinado a una iglesia del norte envuelto en un turbio asunto de faldas por una viuda que gastaba maneras de señora con ausencia de cariños. Lo cierto es que cada vez que ella aparecía en misa con su vestido rojo provocaba un incendio bajo la sotana del páter que le obligaba a retirarse momentáneamente a la sacristía para regresar envuelto en arrepentimientos que arrastraban aromas a pecado carnal.

... ...

La vuelta de *Kelvinator*, que andaba perdido por los trigales y solamente volvió a su vera tras escuchar el silbido, surtió el mismo efecto que provoca remover los posos de la memoria en el café de la vida y le trajo a la cabeza la imagen del *Aniano*, aquel viejo pastor al que trataron de hereje por no asistir a misa los domingos aunque al protagonista de nuestra historia le confesó un buen día que no pensaba entrar en la casa donde repartía las formas sagradas el mismo que delató a puñados de vecinos a los vencedores de la guerra allá por los cuarenta solamente por rencillas políticas. Y es por este motivo que el bueno de *Miguel* siempre pensó que, a pesar de que no había que bascular la vida alrededor de las cuitas de nuestros antepasados, tampoco era conveniente pasar página sin más ya que eso nos convertía en poco menos que santos inocentes.

Entonces dio media vuelta, se lio un cigarrillo al socaire de los cierzos y decidió que no había libro que mereciese la caminata hasta el ciprés. Además el *Kelvinator* andaba con hambre.

Raúl Guadián Delgado (España).

Metarrelatos

Metarrelatos

Presentación

Has llegado[3] hasta aquí, hasta el tercer y último bloque. No quiero saber cómo lo has conseguido ni cuántas páginas te has visto obligado a saltar, de una manera u otra te mereces un monumento, o mejor aún, un regalo. Los miembros de La Milana Bonita no nos caracterizamos precisamente por contar con un enorme poder adquisitivo, por lo que debes desechar de la cabeza la absurda idea de que en la siguiente página te vayas a encontrar con un billete (¡aunque tenemos que reconocer que sería un puntazo!).

Ahora bien, como siempre hemos dicho, no todo se reduce al capital. Hay cosas mucho más importantes como por ejemplo la buena (y la mala) literatura. A continuación, os proponemos una serie de lecturas. Son libros o autores que nos apasionan, con los que hemos disfrutado o sufrido, con los que, en definitiva, hemos sentido. Si por algún casual conseguimos que disfrutes tanto como hemos disfrutado nosotros leyéndolos, consideramos que tu esfuerzo (encomiable desde luego) de primero comprar este libro y luego terminarlo ya estaría pagado. Es decir, que llegados a este punto ya no vale echar nada en cara.

---

[3] Fíjate que ya nos tuteamos, después de tanto tiempo juntos creo que hay confianza.

117

También puede ser que ya hayas paladeado estos manjares. Si es así, te recordamos que hay una página web (www.lamilana-bonita.com) en la que podrás encontrar más de cien programas monográficos de libros y cerca de trescientas reseñas. Por lo que, no hay excusas y, por supuesto, no se admiten devoluciones.

V.G.S.

El arte de mirar al pasado: los 'Episodios Nacionales' de Benito Pérez Galdós

¿Se han fijado en lo fructífero que es aplicar las dosis justas de ficción a la historia? Así surgen productos, especialmente series o novelas, a los que los consumidores acuden como moscas a la miel. Posiblemente muchos historiadores se tiren de los pelos por algunas de estas obras, pero oye, ahí queda esa señora preguntando por un libro sobre Isabel la Católica ("sí, sí, la de la serie"), un tal Follet revisando lo acontecido en el siglo XX o una trilogía sobre Escipión el Africano que copa cada semana las listas de más vendidos. Y estoy hablando solo de libros, que es de lo que va esto, porque nadie pone en duda el éxito de ficciones televisivas como *Vikings*, *Versalles* o *Spartacus*.

Sí, la historia gusta. Conocer nuestro pasado, tratar de averiguar cómo vivían los que estuvieron antes que nosotros, cómo afrontaron momentos clave, tratar de desentrañar el comportamiento humano... Todo ello tiene un enorme atractivo, y es evidente que si se recubre con un envoltorio que lo haga disfrutable para la amplia masa social, el resultado es, cuanto menos, beneficioso para el bolsillo. ¿Y saben quién fue uno de los pioneros? Benito Pérez Galdós (Las Palmas de Gran Canaria, 10 de mayo de 1843-Madrid, 4 de enero de 1920). Sí, Galdós, uno de nuestros más grandes escritores que ahora parece relegado a ocupar su correspondiente sección en manuales escolares de Literatura, sin más homenaje que protagonizar tediosas horas de estudio.

Quizás, y solo quizás, un buen modo de resaltar su importancia es explicar a alumnos o interesados de cualquier edad que Galdós relató como ningún otro episodios tan importantes de la historia de España como la Guerra de la Independencia o la batalla de Trafalgar, con enfrentamientos navales que dejan en pañales a filmes como *Master and Commander*. Su soberbia habilidad narrativa, con las dosis de ese particular humor del canario y la maestría descriptiva de uno de los referentes del Realismo son los ingredientes de unos *Episodios Nacionales* que, dicho sea de paso, le salvaron en alguna ocasión de la quiebra económica. Porque la historia, como hoy, también gustaba.

"Don Gabino, ¿vendería usted un hijo?" Así llegó a responder Galdós ante la oferta que recibió para comprarle los derechos literarios de las dos primeras series de los *Episodios Nacionales*, el más importante de sus proyectos literarios. Estos suponen una saga de novelas que repasan el siglo XIX a través de los diferentes acontecimientos históricos que lo protagonizaron y que comenzaron a publicarse en 1873. Un siglo que le proporcionó al escritor materia prima suficiente para escribir hasta un total de 46 volúmenes repartidos en cinco series, desde el mentado enfrentamiento naval contra los ingleses, la lucha entre absolutistas y liberales o la Restauración borbónica de finales de aquel siglo. Porque mucho dicen del XX, pero en el siglo XIX los españoles no paramos, y Galdós acudió a la memoria de nuestros antepasados (sus contemporáneos) para recrear cómo vivieron, desde un punto de vista cotidiano e íntimo, tamaños episodios.

El estilo de los *Episodios Nacionales* es clave para explicar por qué esta saga fue un hito no solo para la novela histórica, sino también para las letras castellanas en general. Vean cómo empieza *Trafalgar* (1873), el primero de todos: "Al hablar de mi nacimiento, no imitaré a la mayor parte de los que cuentan hechos de su propia vida, quienes empiezan nombrando su parentela, las más veces nobles, siempre hidalga por lo menos, si no se dicen descendientes del mismo Emperador de Trapisonda. Yo, en esta parte, no puedo adornar mi libro con sonoros apellidos, y fuera de mi madre, a quien conocí por poco tiempo, no tengo noticia de ninguno de mis ascendientes, si no es de Adán, cuyo parentesco me parece indiscutible".

En este primer extracto ya se puede atisbar tanto el característico toque humorístico del autor (presente incluso en obras tan duras como *Misericordia*) como lo que nos espera en páginas venideras. El que habla en dicho extracto es Gabriel de Araceli, un común huérfano gaditano que, por los azares del caprichoso relato que es la vida, acaba viviendo en primera persona los momentos más importantes de la historia de España. El personaje sirve de hilo conductor a toda la primera serie, la cual termina con la novela *La batalla de los Arapiles* (1875). Una estructura que se repite en el resto de compendios pero con diferentes protagonistas encargados de enlazar la trama de los volúmenes.

Centrándonos en *Trafalgar*, De Araceli represente en este sentido la evolución de persona anónima a valiente héroe de guerra, en la cual se puede ver una clara influencia dickensiana que, cabe destacar, está presente en toda la obra de Galdós. Y es que este fue traductor de un Charles Dickens que también le inspiró el gracejo y la crítica social, aunque el autor tuvo, como todo buen escritor, otras muchas referencias, como Leon Tólstoi. A través de la voz del personaje narrador, los lectores son partícipes de un relato que desprende una cuidada documentación histórica y que, gracias a la labor periodística que también ejerció el escritor y que denota su pluma, hicieron de Don Benito una fuente histórica viva. Esa labor de investigación fue a límites tales como recorrer España en la clase tercera del ferrocarril o dormir en pensiones de mala muerte, junto a la población más humilde.

El estilo directo, con un español sencillo pero cuidado, hace de todas las novelas de Galdós una maravillosa experiencia para lectores de toda condición. Una lectura que no solo enriquece el castellano para cualquiera que lea con un mínimo de atención, sino que además permite vivir momentos históricos de una manera que ya querrían muchos *best-sellers* actuales. Muchos podrán interpretar un burdo ejercicio de patriotismo adaptado a un gran público en aras de hacer dinero, pero sería una interpretación bastante ingenua. La calidad literaria de Galdós, la misma que podemos ver en *Fortunata y Jacinta*, *Gloria* o *Miau*, se puede detectar en cualquier número de los *Episodios Nacionales*. Max Aub dijo de él que tenía una "intuición serena, profunda y total de la realidad", por lo que no se me ocurre mejor autor para desentrañar nuestra Historia.

Suponen un acercamiento tan diferente como divertido e invitan a conocer la evolución del propio escritor como persona, especialmente desde el punto de vista ideológico. Desde el enfoque liberal que se atisba en la primera serie a la posición más socialista de la tercera y cuarta, con una interpretación que se va transformando a medida que pasan los volúmenes. No faltan momentos absolutamente épicos, especialmente presentes en las grandes batallas, así como claras muestras del escepticismo que asoló a Galdós en los últimos años de su vida y que se puede intuir en la inconclusa quinta serie.

Lean los *Episodios Nacionales*, disfruten del que es una de las mejores plumas en castellano y revivan la Historia como merece, embadurnando las páginas de unos libros que deberían formar parte de la colección de todo buen lector. Stendhal dijo que "una novela es un espejo que se pasea por un ancho camino. Tan pronto refleja el azul del cielo ante nuestros ojos como el barro de los barrizales que hay en el camino". Benito Pérez Galdós no solo supo colocar el espejo para reflejar lo que tenía en frente, sino que supo mirar con maestría hacia atrás y recordar el tramo ya recorrido. Y eso, señores, es puro arte.

Eduardo Martín Espallargas

HÉROES DE LA HISTORIETA ARGENTINA

Cuando era pequeño veía pilas y pilas de aquellas historietas junto a la cama de mi tío Rodolfo o en las manos de mi padrino Orlando. Unas revistas anchas, repletas de páginas tan delgadas como el papel de fumar y portadas muy llamativas. Eran historias para "adultos" y tenía que mirarlas desde lejos, porque en su interior podía pasar cualquier cosa: escenas amorosas, cruentas batallas o diálogos algo maduros para que un niño los entendiera completamente. Pero no pudieron esconderlas demasiado bien ¿o querían que las encontrara? Lo cierto es que siempre que podía me las ingeniaba para leer algún ejemplar y dejarme cautivar por historias con un sabor diferente al que estaba acostumbrado. Orlando siempre me hablaba de ellos como si se trataran de sus amigos más íntimos, una sensación fascinante para un niño que encontraba en aquellos "adultos" reflejos de sus anhelos y fantasías secretas. Incluso mi padre, que no es un fervoroso amante de los tebeos, me hablaba sobre las andadas del solitario cowboy Jackaroe.

Los protagonistas eran personajes distintos a los superhéroes; estos sangraban, lloraban y padecían como cualquiera de nosotros y, por supuesto, no llevaban capa ni trajes de colores chillones. *D'artagnan* y *Nippur Magnum* albergaban más de media docena de ellos, tipos duros dispuestos a descubrir cientos de mundos y luchar por lo que creían justo. Podías conocer tanto a piratas como a agentes secretos, enamorarte de mujeres fatales o de encantadoras doncellas, subirte a lomos de un corcel o viajar en la más sofisticada nave espacial. Los personajes de la Editorial Columba eran capaces de todo, hasta jugar con el precio de la inmortalidad, uno de los buques insignia del cómic argentino desde 1928 hasta su desaparición con la crisis del nuevo milenio.

Los años pasaron, mientras seguía escabulléndome a la habitación de mi tío para leer las aventuras de Nippur, Dago y Pepe Sánchez, hasta que pude comprarme mi primer ejemplar, aprovechando el tibio renacer de la empresa a comienzos del 2000. La reedición de sus personajes más icónicos me estaba dando la oportunidad de seguir desde el principio el que se convertiría en uno de mis héroes favoritos y no la desaproveché. Mark era un tipo grande y fuerte, parco en palabras y siempre con la melena al viento. Un superviviente del mismísimo apocalipsis dispuesto a todo con tal de salvaguardar los restos de la humanidad. Inspirada en la película *The Omega Man* que en 1971 protagonizó Charlton Heston, filme que a su vez era una adaptación de *Soy leyenda*, la novela de Richard Matheson.

Aquella lectura dio paso a la de *El eternauta*, la joya de la corona de la historieta argentina, la narración definitiva sobre el levantamiento ciudadano contra la invasión extraterrestre más terrible de todos los tiempos. Raúl, otro de mis tíos, intentó durante años que leyera la obra cumbre de Héctor Germán Oesterheld, pero no fue hasta la realización de un curso sobre historietas en la Biblioteca Rivadavia de la ciudad de Tandil cuando cayó en mis manos la obra completa. Unas cuantas noches después, el relato de Juan Salvo me perseguiría durante años dándome una lección sobre el poder reflexivo que esconden las viñetas. El drama que sufrió Oesterheld y su familia continúa siendo una de las mayores manchas en la historia de nuestro país, junto a la de tantos otros desaparecidos durante la nefasta dictadura militar.

Y en las antípodas de la seriedad apareció *Cazador*, un cómic para adultos, sin comillas, que hacía las delicias de cualquier adolescente. El primer número que leí de la serie era una historia tan grotesca y perversa como su protagonista, un gigante musculoso, malhablado y soez, que luchaba contra demonios, monjas y todo lo que le echasen encima. Un renegado que vivía en una iglesia abandonada en las afueras de Buenos Aires, capaz de lo peor antes que de lo mejor. Cazador vivía todo tipo de aventuras, sin ningún sentido o lógica, acompañado por versiones deformes de personajes de la política, el deporte y la farándula argentina de aquel momento. Como todo producto que juega sin límites, *Cazador* terminaría por convertirse en una burla de sí mismo, lejos del nivel gráfico demostrado en los primeros números en blanco y negro de Ariel Olivetti y su creador, el uruguayo Jorge Lucas. El tono bizarro de esos ejemplares, los primeros siete de la serie, todavía mantienen la fuerza y el impacto de antaño, un homenaje al estilo del revolucionario dibujante Simon Bisley, influencia directa para la concepción de *Cazador*. Las andanzas de la bestia durarían de 1992 a 2001, con una nueva publicación en 2010.

Por aquellos años también leería *El ojo blindado*, una auténtica rareza de la historieta argentina, cuyas primeras páginas eran una declaración de intenciones para alguien que ya disfrutaba con las peripecias de Batman, Daredevil y Spider-Man, los superhéroes urbanos por excelencia. El ojo blindado era un superhéroe de aspecto desenfadado, agresivo y juvenil, enfundado en una sudadera y un traje negro, similar al de Nigthwing. El nombre del héroe fue tomado por el tema homónimo del grupo de rock Sumo, la banda legendaria de Luca Proda de los años 80. Escrita y dibujada por Waccio Skatter, *El ojo blindado* solo tuvo tres apariciones bajo el sello Comic Press dejando la historia en un indefinido continuará. Una pena y una oportunidad perdida porque la historia del personaje prometía intriga, acción y complots siniestros. Un amigo me prestó los tres y únicos números del superhéroe, los cuales terminé fotocopiando y leyendo durante años sin saber jamás el desenlace de una trama que también se veía salpicada por la dictadura militar, el cáncer maldito del país. No era fácil leer cómics en la Argentina de los 90 y menos en las ciudades del interior. Sin tiendas especializadas, los quiscos de revistas eran los encargados de suministrar las ediciones de la extinta editorial española Forum, Vid y algún número perdido publicado por Zinco. Seguir una serie nacional también era una causa perdida debido a la inestabilidad económica, por lo que tenía que contentarme con lo que pudiera toparme en el momento de pasar delante del puestito de prensa. Eran los años de *Anita, la hija del verdugo*; *El caballero rojo* y de *Lazer*, la revista de información especializada en anime y cómics, de Editorial Ivrea. Años de inflación y locura política…años que van y vienen, que vienen y se van.

Vamos terminando

Cuando mi tío partió, su colección con docenas y docenas de episodios inconexos de Gilgmaesh, Dennis Martin y Savarese terminó en mis manos. Una herencia que se veía descompensada por el extravío, entre mudanza y mudanza, de mi pequeño surtido de Mark. Resulta curioso pero hoy no poseo ni tan siquiera una copia en mi biblioteca, lo que no ha restado ni un ápice mi devoción por el personaje y los siniestros mutantes encapuchados. Tan solo me han quedado unos cuantos ejemplares de *Cazador* y una edición completa, antigua y desgastada, de *El eternauta*. Recuerdos de una época que mi padrino Orlando se resiste a dejar ir. Y es que sé de buena mano que él sigue contándole a su hijo las aventuras de Dago como si este fuera un personaje histórico, de carne y hueso, con la misma pasión de siempre.

Ignacio Pillonetto

UNIVERSO DRAGON BALL: LOS LIBROS DEFINITIVOS

Hay libros que nacen con el único objetivo de que sus páginas sean abiertas una y otra vez, hasta que los bordes se desgastan y el olor a tinta deja de ser el de un pesado volumen para transformarse en el aroma distintivo de un objeto de incalculable valor. *Dragon Ball: Ilustraciones completa. Edición de Lujo* y *Dragon Ball Compendio 1: Guía de la Historia y Su Mundo* son dos piezas como esas, además de adquisiciones obligadas para todos los fanáticos de Goku y compañía. Una obra que recoge todas las ilustraciones realizadas por Akira Toriyama desde 1985 a 2013, cuando se produjo el regreso de la franquicia con el estreno de la película *Dragon Ball Z: La batalla de los dioses*.

Cronología de una publicación

La primera versión de *Dragon Ball Ilustraciones Completas* se editó en el mercado nacional allá por 1996, erigiéndose como uno de los volúmenes más preciados de la franquicia en España, ya que recopilaba las mejores ilustraciones de Son Goku realizadas por el maestro Akira Toriyama. Este tomo, impreso por Planeta De Agostini, se corresponde con el número 1 de la enciclopedia *Daizenshuu*, el manual más preciado dentro de la cultura *Dragon Ball*, cuya publicación se fraguaría para conmemorar el final de la serie. La edición modernizada de dicho libro es *Dragon Ball Chogashuu* o lo que Planeta ha titulado como: *Dragon Ball*

Ilustraciones Completas. Edición de lujo, una ampliación de aquel material con un total de 240 páginas en las que se recogen más de cuatrocientas imágenes de Goku y sus amigos realizadas entre los años 1985 y 2013.

El volumen incluye varias entrevistas a su creador, arte conceptual de *Dragon Ball GT* y diseños de personajes exclusivos como los realizados para el especial *El episodio de Bardock* y *La batalla de los dioses*. Del lápiz y la plumilla al moderno coloreado digital. ¿Qué más se puede pedir? ¡IMPRESCINDIBLE!

Pero entonces... ¿Cuántas ediciones podemos encontrar?

Actualmente hay dos volúmenes, el primero de ellos editado hasta en tres ocasiones en España:

-*Dragon Ball Ilustraciones Completas* (1985-1995) cuenta con tres: Octubre de 1996, Abril de 1998 y Junio de 2007

-*Dragon Ball Ilustraciones Completas. Edición de lujo* (1985-2013) en el mercado desde el pasado 2014.

¿Y hay diferencias visibles entre ambos tomos?

Además de que la última versión contiene un amplio surtido de imágenes actualizadas, el diseño del libro también ha variado en lo referido a las dimensiones de las ilustraciones. Escenas que antes ocupaban un tamaño considerable en *Dragon Ball Ilustraciones Completas*, ahora son reducidas o agrupadas de modo diferente con la intención de ofrecer composiciones y lecturas de páginas completamente renovadas.

¿Pero qué son los **Daizenshuu** y los **Chôzenshû**?

Entre 1995 y 1996 se editaron en Japón un total de 10 volúmenes, 7 principales y 3 complementarios, denominados *Daizenshuu*, las mayores guías que existen de la serie: secretos del argumento, sus etapas, datos de los personajes, dibujos, las películas y entrevistas exclusivas a su autor. Con el estreno del filme *La Batalla de los Dioses* en 2013, la editorial Shueisha decidió agrupar dicho material de los años 90 y transformarlo en cuatro tomos, he aquí los *Chôzenshû*. El primero que llegó a España fue *Dragon Ball Compendio 1: Guía de la Historia y su Mundo*, a la venta desde abril de 2014, un voluminoso ejemplar que contiene *Dragon Ball Chōzenshū 1: Story & World Guide,* el cual a su vez incluye las revisiones de *Daizenshuu 2: Story Guide, y Daizenshuu 4: World Guide.* Mientras tanto, esperamos la publicación inminente del segundo compendio…que llegará en breve.

¿Qué encontramos en ***Dragon Ball Compendio 1: Guía de la Historia y Su Mundo?***

La versión combinada y actualizada del *Daizenshuu 2* y *Daizenshuu 4* abarca la historia de este manga legendario. Un libro de 352 páginas con información acerca de *Dragon Ball* y *Dragon Ball Z,* amplio material gráfico y una entrevista con Akira Toriyama, además de la reimpresión de la vieja entrevista del *Daizenshuu.* Mención especial merece el apartado dedicado a todas las razas que pueblan el universo: ¡Los secretos al descubierto de los namekianos, saiyans, dioses, androides y humanos! La cronología de la serie desde el mítico encuentro entre Goku y Bulma, los ataques y técnicas de Piccolo, Cell y Freezer enumerados y explicados minuciosamente; los combates más emblemáticos, curiosidades sobre los vehículos y transportes mágicos y mucho más. Vegeta, Trunks, Nappa, Yamcha, el Maestro Roshi y Krilín, todos los personajes de la serie se encuentran en un libro concebido para redescubrir con cada nueva lectura, con cada nueva búsqueda de las esferas del dragón.

Ignacio Pillonetto

El corazón de las tinieblas, **de Joseph Conrad**

NI CIVILIZACIÓN, NI BARBARIE

> Los árboles vivientes, aprisionados por las enredaderas y por cada uno de los arbustos de la maleza, podrían haber sido convertidos en piedras, hasta la rama más delgada, hasta la hoja más liviana. No era sueño; aquello parecía innatural, como un estado de trance. No podía oírse ninguna clase de ruido, ni aun el más débil. Uno miraba pasmado y empezaba a sospechar si no estaría sordo. En esto se hizo la noche repentinamente, y nos dejó también ciegos.
>
> J. Conrad, *El corazón de las tinieblas*

Díganme, por favor, díganme siendo sinceros si ustedes son capaces de ver algo, de escuchar algo. No mientan, no proyecten sus necesidades personales en la respuesta. Simplemente, respóndanme a la pregunta porque necesito saber si me estoy quedando ciego, si me estoy quedando sordo, como apuntó hace tiempo José Saramago, o si simplemente estoy en un proceso de metamorfosis innegablemente kafkiano.

No sé cuándo empezó esta extraña sensación. Puede que fuera hace unas semanas cuando emprendí la caza de un *troll* (es decir, de un individuo despiadado que se mueve por internet tratando de imponer su justicia) o, quizás, fue después de releer *El corazón de las tinieblas* de Joseph Conrad. Aunque, claro, si lo pienso creo que esto fue a la vez, o lo uno consecuencia de lo otro, o lo otro consecuencia de lo uno. Si me están hablando, griten más fuerte, por favor, de verdad que no les escucho.

Los recuerdos se aparean en mi cabeza sin ningún tipo de pudor. Yo quería adentrarme en las profundidades de internet para hablar con el *troll*; Marlow viajó al Congo y se adentró en la selva para conocer a Kurtz (¿o no fue así?). Marlow tiene un viejo vapor y la jungla rodeándole. Yo, un portátil ASUS para surcar el río que delimitan Facebook a la derecha y Twitter a la izquierda.

Recuerdo, sí, recuerdo como si fuera ayer el momento en el que comenzó todo. Frente a mí veo la desembocadura del Támesis. Marlow, viejo marino, me cuenta la historia de su viaje al corazón de África. Escuchándole atentos hay miles de alumnos, de críticos, de académicos que gustarían de interrumpirle para conocer mejor su opinión sobre los habitantes del país africano, sobre el expolio de marfil de que acometió aquella multinacional belga, sobre, sobre... Yo callaba, inquieto, porque quería que me hablara más de Kurtz. Y de eso, al fin y al cabo, iba su historia.

Yo me impacientaba y me encolerizaba, y empecé a discutir conmigo mismo si iba o no a hablar abiertamente con Kurtz; pero antes de que pudiera llegar a ninguna conclusión me vino a la mente que el que hablara o me callara, en realidad cualquiera de mis acciones, sería absolutamente fútil. ¿Qué importaba lo que uno supiera o ignorara? ¿Qué importaba quién fuera director? A veces tiene uno esos atisbos de penetración. La esencia de este mundo yacía bastante por debajo de su superficie, más allá de mi alcance, y más allá de mi poder de intromisión.

Viaje interior a la barbarie

Mientras leo el libro de Conrad, investigo también a ese individuo grotesco (el *troll*) que atenta con violencia en cada publicación de Facebook con cierto tono feminista, izquierdista o progresista. En Twitter la gente lo adora, se ha convertido en su líder. Yo conforme avanzo hacía el centro del meollo me voy dando cuenta de que no es nada: solo una voz.

Desde que Francis Ford Coppola la popularizara en su genial adaptación *Apocalypse Now*, son muchos los críticos que se han enfrentado a *El corazón de las tinieblas* con diferentes resultados. A vuelapluma, podemos agrupar dichas interpretaciones de la novela de Conrad en tres enfoques: el histórico (sobre el colonialismo); el de los estudios culturales (sobre los oprimidos); y, por supuesto, en correlación con las dos anteriores, el que trata de vincular esta narración con la larga tradición literaria que ha abordado la dualidad civilización o barbarie. Pues bien, ahora que yo también me muevo en las tinieblas de un viaje similar, puedo afirmar que ninguno de estos enfoques me parece correcto (tampoco erróneo).

De una forma u otra, cada una de estas visiones es simplista porque se centran en la construcción de la alteridad (del otro) en el relato, mientras que la novela de Conrad en el fondo nos habla sobre nuestra propia idiosincrasia. Marlow puede que sea quien lleva el peso de la narración, con todo es Kurtz (esa entidad inasible durante gran parte de la obra) quien la protagoniza. Es extraño que tanta gente haya obviado esto tratando de establecer una oposición entre ambos personajes, cuando en realidad *todo* forma parte de una misma cuestión.

Marlow no es el hombre moralmente aceptable, mientras que Kurtz es el inmoral. Tampoco se trata de una oda a la sociedad (la civilización representada por la ciudad) que nos hace mejores personas, mientras que la barbarie (la selva) nos corrompe arrastrándonos al primitivismo. No, no es eso. Debemos recordar a aquellos que consideran que Marlow representa el progreso mientras que Kurtz la victoria de los instintos animales del ser humano, que ambos personajes no son la cara de una misma moneda, sino respuestas diferentes a la misma pregunta.

El corazón de las tinieblas nos habla de la libre voluntad de un individuo de ejercer el *mal*, ni más ni menos. No importa que el corazón de la selva, ajeno a cualquier influencia de la metrópolis, sea un lugar en el que el orden moral quede en suspensión. No.

El núcleo de la narración que Conrad nunca llega a resolver es el dilema (casi sacro) de por qué un hombre ilustrado decide (voluntariamente) actuar maléficamente.

Vuelvo sobre mis pasos, me dejo arrastrar de vuelta a mi perfil por la corriente de internet consciente de que la mejor explicación a por qué existen los trols, los boicoteadores, los corruptos, había estado todo ese tiempo frente a mí: en *El corazón de las tinieblas*. ¿Dicen algo? Perdonen que siga sin escucharles, ahora retumban en mi cabeza las últimas palabras de Kurtz: "¡El horror! ¡El horror!".

Víctor Gutiérrez-Sanz

RESET

Despedida y agradecimiento

Este libro ha sido posible gracias a nuestros padres por razones obvias, a nuestras parejas por razones no tan obvias, a nuestros antiguos compañeros que se dejaron la piel en el proyecto, a nuestros maestros (buenos y malos) y a todos los mecenas que nos han permitido con su inversión seguir con la revolución. ¡Gracias de nuevo!

La responsabilidad de que este libro vea la luz es de:

Borja Tarrasó, Carmen Domínguez, Mar Sanz, Luis Gutiérrez, Ainara Portela, Raquel Mendieta, Jmmfonfria, Nora Rojas, Olalla Ruiz-Ayúcar, Ana Sánchez, Juan Antonio Navarro-Soto, Javier Ros, Ana Bookthief, Dunia Etura, Cristina Gutiérrez, Maribel Escalas, Alicia Sánchez, Charonc, Alicia Torres Sastre, Óscar Miguel Torres, Nacho del Campo, Domingo Ramos Navarro, María del Rosario César, Andy Lobo Grant, Paulo Camodeca, Carmen de Miguel Murado, David Lagunilla Infante, Israel Green, Alfonso Martín, Mariano Pillonetto, Carmen Durántez, Leandro Cadau, Bafa_2, Joma_w-w y varios anónimos.

Agradecemos también al lapicero siempre preciso y creativo de Francisca Aleñar (ilustradora de estas páginas y de las que vendrán) su dedicación.

Recordamos con admiración y cariño a todos los compañeros que trabajaron en alguna etapa con nosotros en La Milana Bonita: Samuel Regueira, Sergio Pascual y Eduardo R. Salgado.

Y, por supuesto, agradecemos al millón de "escuchantes" que en algún momento decidieron descargar uno de nuestros programas que, pese a todo, sigan teniendo interés en la Literatura.

¡La Revolución ha comenzado!

Este libro se terminó de imprimir
en Almería durante el mes de octubre de 2016.